MITOLOGIA GIAPPONESE

I migliori miti sugli Dei, Yokai, Fantasmi, Demoni e Mostri del Sol Levante

ODA NAKAMURA

SOMMARIO

Non perderti gli altri libri di Oda Nakamura

CUCINA GIAPPONESE WASHOKU

INTRODUZIONE

Spesso, anche se non sempre, le persone riconoscono una differenza tra le storie vere e quelle che vengono raccontate per divertimento. Eppure anche le storie che non sono vere comunicano **valori**. Non pensiamo che storie come quella di Cenerentola siano vere; tuttavia, sappiamo che la storia ci dice che il comportamento di Cenerentola è preferibile a quello delle sue sorelle, specialmente nella versione tedesca in cui gli uccellini beccano gli occhi delle sorelle di Cenerentola. Le fiabe, come le leggende e i miti, offrono una panoramica dei modi in cui ci sentiamo con noi stessi, le persone e il mondo che ci circonda. I miti sono un altro tipo di storia, originariamente tramandata oralmente, con il passaparola.

Le persone che studiano le storie tradizionali a volte dicono che la differenza tra un mito e un racconto popolare è che un mito viene raccontato come vero. I miti sono storie in cui le persone credono o almeno in cui le persone della loro cultura dicono di credere.

Al contrario di una leggenda, un mito può essere ambientato in un lontano passato, in un tempo prima che il mondo esistesse come ora. I miti possono contenere informazioni sugli dei o sugli esseri soprannaturali o sulle interazioni tra gli dei e gli esseri umani. I miti spesso spiegano come le cose sono diventate come sono adesso e rispondono a domande sull'origine della Terra e della vita: *da dove viene il mondo? Come hanno fatto il sole e la luna ad abitare il cielo? Perché le persone devono morire? Cosa ci succede dopo la morte? Perché ci sono uomini e donne?*

I miti che spiegano l'ordine del mondo, come è iniziato e il posto degli esseri umani nel grande schema delle cose si chiamano **cosmologie**, o cosmogonie, dalla parola greca *kosmos* che significa "ordine". I miti dicono alle persone come comportarsi verso un dio o gli dei e l'uno verso l'altro. Spiegano perché le persone celebrano determinate festività o conducono determinati riti (attività tradizionali o cerimonie come quelle associate alla nascita, all'età adulta, al matrimonio e alla morte). I miti riguardano spesso questioni misteriose e non conoscibili. Spesso, anche se non sempre, sono sacri e sono legati alla religione di una cultura. I miti riguardano anche gli eroi che possono essere in parte umani e in parte divini. Alcuni miti giapponesi, dopo l'introduzione del buddismo, parlano di grandi maestri, guerrieri o monaci Zen. Loro, come il Buddha stesso, sono figure storiche che diventano soprannaturali, il che non pone alcun problema per una cultura in cui le persone sono diventate degli dei dopo la morte.

Cosa rappresenta la mitologia?

Se il tuo primo pensiero quando senti la parola "mito" è falsità, potresti essere interessato a sapere che il filosofo greco Platone lo disse prima di te. All'inizio del IV secolo a.C., Platone contrapponeva l'argomento razionale al pensiero mitico. Platone credeva che la mitologia fosse l'opposto della ragione. La comprensione odierna che un mito è una spiegazione errata per un evento scientifico o storico viene da Platone e dagli antichi greci. Il pensiero dei filosofi greci aprì la strada al metodo scientifico moderno e a un modo di guardare ed esaminare le prove. Tuttavia, non pose fine al mito o alla religione, né fermò lo sviluppo dei miti da quando il cristianesimo e l'Islam divennero religioni mondiali dopo Platone, ma suggerì un modo diverso di porre e rispondere alle domande sulla creazione del mondo. La tensione tra questi modi di esaminare il mondo è rimasta importante nel corso dei secoli.

Durante il diciassettesimo e diciottesimo secolo, un periodo noto come l'Età dell'Illuminismo, i pensatori scientifici rifiutarono di nuovo i miti. I pensatori dell'Illuminismo credevano che la mitologia ostacolasse la vera indagine. *Perché le persone credevano a queste storie*? si chiedevano. Dopo aver considerato i popoli appena "scoperti" (e conquistati) del Nuovo Mondo, gli studiosi suggerirono che la mitologia rappresentasse una sorta di "infanzia dell'uomo" universale, quando le culture creavano miti per spiegare cose che altrimenti non avrebbero potuto capire.

Perché i miti di culture lontane sono simili?

Nel diciottesimo e diciannovesimo secolo, gli studiosi dei miti di varie culture iniziarono a chiedersi perché gli stessi mostrassero così tante somiglianze anche se le culture stesse erano così diverse. *Tutti i miti sono iniziati in una parte del mondo e poi hanno viaggiato con varie culture durante la migrazione e la fusione?* L'India fu suggerita come un possibile punto geografico per la fonte della mitologia mondiale. A quel tempo, gli studiosi interessati ad apprendere l'origine della lingua stavano cercando di spiegare le somiglianze tra le molte lingue europee e quelle del Vicino Oriente. Gli studiosi fecero risalire le lingue a una precedente lingua indiana e poi documentarono come fosse cambiata man mano che si sviluppò.

Alcuni studiosi credevano che la diffusione delle culture spiegasse le somiglianze tra le mitologie. In alcuni casi, questo è corretto. Alcuni miti asiatici si assomigliano perché le culture si scambiavano quelle storie.
Un altro modo per spiegare le somiglianze nei miti fu suggerito nel ventesimo secolo dallo psicoanalista Sigmund Freud. Egli suggerì che i miti (e i sogni) rappresentano nei simboli gli aspetti fondamentali dell'esperienza umana. Freud credeva che le forze fondamentali nella natura umana fossero **l'aggressività** e **l'amore**. Per Freud i miti non erano avanzi dell' "infanzia dell'uomo" e le somiglianze nei miti non erano dovute al fatto che si fossero diffuse da un'unica fonte originale. Freud credeva che i miti fossero espressioni vitali e necessarie di parti essenziali della mente umana e dell'esperienza umana.

Un'esperienza umana condivisa

Gli antropologi e i folcloristi (scienziati sociali che studiano le culture e le loro tradizioni) guardano ai miti come un riflesso dei valori fondamentali della cultura in cui vengono raccontati. Se, come sembra, la maggior parte delle culture ebbe bisogno di rendere conto delle origini del mondo e del posto degli esseri umani in quella creazione, *cosa ci dicono le storie specifiche di questi eventi sulla cultura? Cosa dicono i miti alle persone di se stessi? In che modo i miti dicono alle persone cosa valutare e come vivere?* Questo approccio si interroga sulle differenze tra le mitologie e sulle loro somiglianze. Gli esseri umani nascono, crescono, invecchiano e muoiono; amiamo e odiamo le nostre famiglie; vediamo il sole sorgere al mattino e ci meravigliamo della vastità delle stelle. Eppure le culture celebrano e piangono in modi diversi. Non sono d'accordo sul fatto che il male sia fondamentale per la natura umana o se le persone siano fondamentalmente buone. Sottolineano l'individuo più del gruppo o viceversa. Comprendono che gli dei, gli umani e gli animali siano molto diversi con una chiara gerarchia tra loro, oppure capiscono un mondo in cui gli dei dimorano in ogni roccia e roditore. Lo studio dei miti di una cultura è un modo per esaminare queste differenze. In tal modo, possiamo cercare di capire come le altre persone vedono il loro mondo.

Alcune note prima di iniziare

Nota 1: all'interno di questo libro è contenuto un **ebook omaggio**. Per ottenerlo è sufficiente cliccare il link che ti fornirò o scannerizzare con il tuo cellulare il qr code che troverai.

Nota 2: se fossi interessato alla cultura giapponese, ho creato un blog che considero la naturale estensione dei miei libri. Il link è il seguente: https://odanakamura.netsons.org

Nota 3: ho raccolto in un'unica pagina le letture che consiglio che possono aiutarti ad approfondire la mitologia giapponese. Il link è il seguente: https://odanakamura.netsons.org/letture-mitologia

Oppure scannerizza questo qr code:

CAPITOLO 1. MITOLOGIA GIAPPONESE

Il Giappone è un paese ricco di miti, leggende e racconti popolari. Molte storie sono raccontate ancora oggi su personaggi storici reali. Non è facile fissare una data per l'inizio del periodo storico, e le potenti gesta di uomini come **Tametomo** e **Yoshitsune** sono state amplificate sia in numero che in fama. Ma queste storie di valore e conflitto sono solo un lato della mitologia giapponese. Il buddismo e lo shintoismo hanno ciascuno milioni di seguaci e ognuno ha contribuito a una straordinaria raccolta di storie che coinvolgono sia gli Dei che i mortali.

La religione indigena del Giappone è lo **shintoismo**. I suoi Dei hanno difetti umani. Si dice che Amaterasu, la dea del sole, abbia immerso il mondo nelle tenebre in seguito ad un attacco di rabbia per il comportamento indisciplinato di Susano, il dio della tempesta.

I giapponesi sono affascinati dal soprannaturale.

Le storie di fantasmi abbondano e la campagna è popolata da creature mitiche. Si raccontano molte storie sul *tengu* che vive sugli alberi e sui maligni *oni*, o diavoli. Ancora più curiosi sono i *kappa*, goblin anfibi che infestano i fiumi. Queste creature hanno un appetito insaziabile per i cetrioli, ma anche per gli animali e gli esseri umani.

I giapponesi, come tutti i popoli, amano anche le storie di animali. Cani, gatti, volpi, tassi e scimmie conversano liberamente e si vendicano di torti o ripagano le gentilezze fatte loro da esseri umani o altri animali.

La mitologia giapponese è, quindi, un affascinante insieme di eroi audaci, esseri soprannaturali e animali intelligenti - di amore e odio, gratitudine e risentimento, gentilezza e crudeltà.

Essendo nato e avendo vissuto a lungo in Giappone sono in grado di raccontarti molti miti che mi furono raccontati da bambino.

1.1 IL PAESE E LA SUA CREAZIONE

Forse in nessun'altra parte del mondo le leggende indigene sono così profondamente radicate nelle menti delle persone come lo sono in Giappone. I ben noti racconti di Dei, Dee, eroi e animali parlanti sono

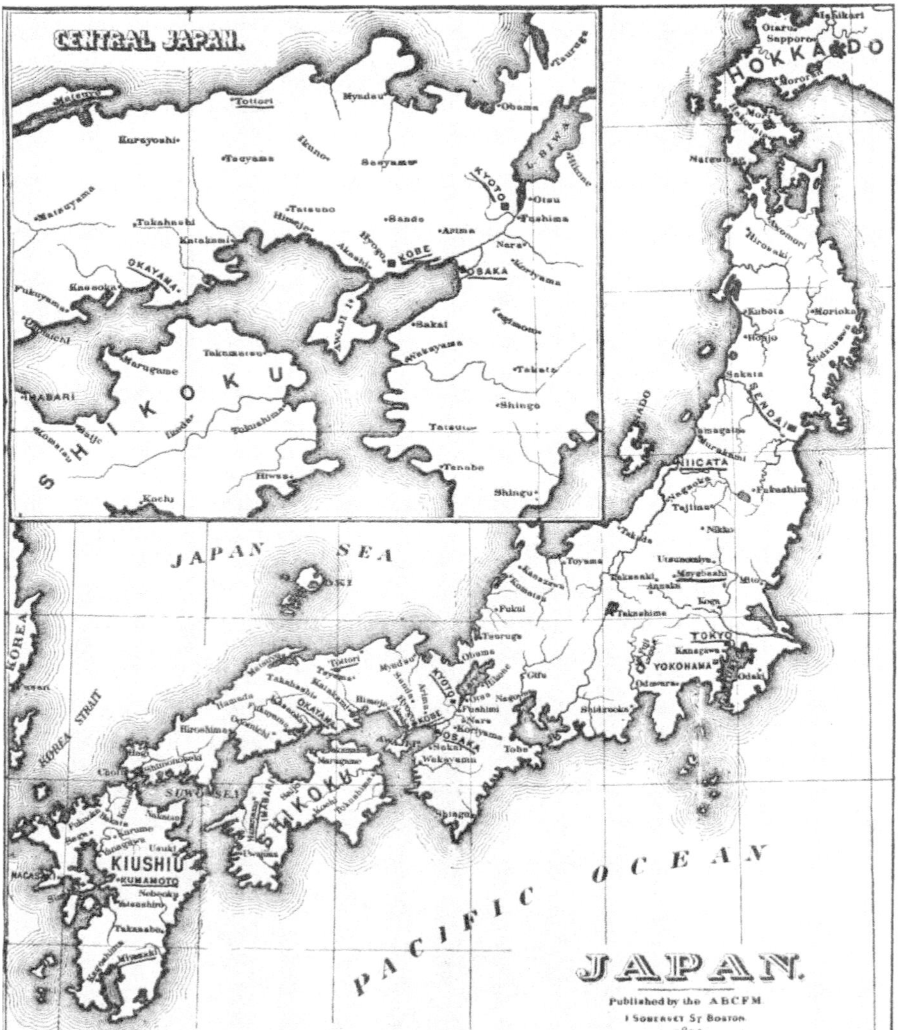

Cartografia del Giappone

ripetuti nei libri, nei drammi e all'interno delle famiglie. Tuttavia sono raccontate, come dovrebbero essere tutte le buone storie, con il passaparola, perché il Giappone è un paese di miti, leggende, racconti popolari e tradizioni popolari.

Forse la ragione della ripetizione e dell'abbondanza di queste storie è collegata alla topografia molto variegata. Il Giappone vero e proprio ora consiste di quattro isole: **Hokkaido** (precedentemente chiamata Vezo) a nord; **Honshu** (l'isola principale) con le sue sei grandi città tra cui Tokyo, Kohe, Yokohama e Hiroshima; **Shikoku**, separato da Honshu a sud-ovest dal Mare Interno; e **Kyushu**, più a ovest e a sud, la cui città principale è Nagasaki. L'arcipelago contiene anche una serie di isole minori, alcune non più grandi di una sporgenza di roccia dal mare. Il tutto forma un semicerchio di più di mille chilometri. Il clima di questo impero insulare situato nel Pacifico nord-occidentale varia dal semi-tropicale del sud agli inverni rigidi e aspri del nord. È influenzato non solo dalla latitudine ma dalla calda Corrente del Giappone sulla costa orientale del Pacifico di Honshu e dalla fredda Corrente di Okhotsk nel Mar del Giappone a ovest. È un paese di vette e catene montuose, una terra vulcanica di cascate, laghi, sorgenti termali e terremoti, di tifoni e maremoti. È una terra con fiumi veloci e limpidi e un'abbondanza di fogliame che va dal verde intenso della criptomeria ai delicati fiori del ciliegio e del pesco fino ai fasti dorati e scarlatti degli aceri autunnali.
La religione shintoista incoraggiò la proliferazione di storie. Questa religione, da cui scaturisce tutta la vera mitologia giapponese, accetta che ogni cosa naturale, sia essa un uomo, un vulcano o un pesco, abbia, a vari gradi di intensità, un **kami** o spirito. I giapponesi affermano che ci sono più di otto milioni o "*800 miriadi*" di kami. Questo non è inteso come un numero definito. Otto milioni è un altro modo per dire innumerevoli, o addirittura infiniti, poiché tutto e tutti sono potenziali kami. Si ritiene che alcune parti dei regni vegetale e animale siano emanate da o siano discendenti delle divinità.

A volte è utile pensare al kami come a una dimostrazione di ciò che i giapponesi non dovrebbero fare. Il loro comportamento dimostra che non appartengono al nostro mondo moderno, ma piuttosto a un'epoca precedente. Quando un dio va negli inferi e si mette nei guai, ci dice che dovremmo lasciare il mondo sotterraneo intatto. Impariamo anche qual è l'idea della cultura del mondo sotterraneo. Nel caso del mito giapponese / shintoista, è un luogo di impurità e decadenza.

Il paese stesso e la sua flora e fauna hanno sicuramente giocato un ruolo considerevole nell'aspetto della mitologia giapponese e delle tradizioni popolari. Il Giappone attraversò un lungo periodo di isolamento autoimposto dal resto del mondo. Inoltre, in una terra in cui il trasporto fluviale è usato raramente - i fiumi sono generalmente poco profondi e veloci con molte cascate - le persone ebbero la tendenza a rimanere nelle proprie isole o aree. E mentre i giapponesi sono turisti incalliti all'estero, il loro apprezzamento per le bellezze paesaggistiche del proprio paese è accompagnato da un patriottismo peculiare. I templi e i santuari, sia shintoisti che buddisti, sembrano fondersi nel paese boscoso e collinare e da nessuna parte c'è un esempio migliore di questo dell'area del tempio

Tempio di Nikko

di Nikko, alcune centinaia di chilometri a nord di Tokyo, dove sono sepolti gli shogun Tokugawa. La parola giapponese *kekko* significa bello e possono esserci pochi viaggiatori stranieri in Giappone che non hanno sentito il proverbio "*Non si deve dire kekko finché non si è visto Nikko*". Forse a causa di questo isolamento e consapevolezza dell'ambiente naturale, la maggior parte delle leggende sono locali, legate a un'area specifica o a una caratteristica di essa.
Ad esempio, diverse leggende sono sorte intorno al Monte Fuji. Si dice che si sia formato durante un grande terremoto nel 256 a.C.
Il terremoto causò l'apertura del terreno, come accadde nel 1923, quando Yokohama e la maggior parte di Tokyo furono distrutte. Il lago Biwa (il *biwa* è uno strumento musicale a forma di liuto o mandolino) si formò in quella che era chiamata provincia di Omi nel sud-ovest di Honshu. A Omi sorse dagli Inferi anche una piccola collina chiamata Migami, di forma simile al Fuji. Il Fuji è da tempo immemorabile una montagna sacra e si dice che anticamente i nativi di Omi potessero scalarla dopo soli sette giorni di purificazione invece dei soliti cento, a causa della somiglianza del loro Migami alla montagna del loro pellegrinaggio. Si ritiene generalmente che Fuji sia una femmina.
Con un'altezza di 3.776 metri, è la montagna più alta del Giappone.
Si dice che un tempo il monte Haku, un maschio, torreggiasse sopra di lei. Al Buddha Amida fu chiesto di decidere quale picco fosse effettivamente il più alto. Fece scorrere un tubo dalla cima dell'Haku alla cima del Fuji e vi versò dell'acqua. L'acqua scorreva fino al picco di Fuji e lei, nella sua rabbia per il risultato provato della gara, colpì Haku sulla testa. Spaccando il suo cranio in otto parti, ridusse la sua altezza e causò le otto vette del Monte Haku. Questa storia è raccontata di altre montagne del paese e la conoscenza moderna della misurazione delle altezze delle montagne ha fatto sì che il luogo del mito fosse cambiato di volta in volta. L'origine del popolo giapponese è oscura, ma è generalmente accettato che gli Ainu, che ora abitano Hokkaido, fossero gli aborigeni. Nei miti e nelle storie si parla spesso di Barbari. Gli invasori

guidarono gli Ainu a nord ed è probabile che queste tribù provenissero dall'Asia.

Non fa parte di questo libro discutere le varie teorie moderne della popolazione e della migrazione, poiché la mitologia giapponese fornisce la propria storia della creazione del Giappone e della sua popolazione. Tuttavia, in alcuni ambienti, alla fine del secolo scorso, si credeva che i giapponesi fossero una delle tribù perdute di Israele. Gli entusiasti di questo "mito" sospettavano che la tribù fosse quella di Benjamin.

1.2 LA NASCITA DEI MITI

Una grande carpa addormentata sotto il mare che, da sveglia, aveva agitato le acque provocando sia maremoti che l'apparizione delle isole del Giappone, è un racconto popolare tra i giovani. Ma la solita storia mitologica della creazione dell'impero funziona in modo molto diverso ed è tratta dai documenti più antichi. L'origine di questi documenti è descritta nel capitolo seguente.

1.2.1 Izanagi e Izanami

Prima che ci fosse il respiro o la forma, prima che il cielo e la terra fossero separati, prima che ci fossero i nomi, i primi tre kami vennero all'esistenza. Erano invisibili. La terra sembrava "petrolio fluttuante" e "fluttuava come una medusa". Qualcosa di simile a giovani canne spuntò e da loro uscirono altri due kami invisibili. Poiché non erano visibili, non furono descritti, ma sono conosciuti come **Divinità Celesti Separate**. Altre divinità seguirono, e furono tutte invisibili (almeno per gli umani). Sono gli Dei di Takamagahara, o le "Alte Pianure del Cielo". Il più antico di questi dèi era chiamato Amanominakanushi-nokami, o il "Signore del Centro del Cielo". Altri due kami delle Alte Pianure del Cielo furono chiamati Takamimusubi e Kamimusubi. Questi tre kami, insieme a due divinità minori chiamate Umashiashikabihikoji-no-kami e Amanotokotachi-no-kami, formarono le cinque Divinità Celesti separate, che furono seguite da sette generazioni consecutive di Dei e Dee celesti.

Izanagi e Izanami

Poco si dice di questo trio originale, ma produssero generazioni di dei e dee nella loro terra celeste, e dopo un periodo di tempo non misurato furono create una coppia di dei chiamati **Izanagi e Izanami**. I loro nomi tradotti sono rispettivamente "*Maschio-che-invita*" e "*Donna-che-invita*". Scesero dal loro cielo alla massa oleosa tramite un ponte, generalmente considerato un arcobaleno o la Via Lattea. Izanagi creò l'oceano primordiale con la sua lancia e le gocce dalla sua punta si congelarono e, cadendo, formarono l'isola di Ono-koro. Questo fu uno dei primi

suggerimenti di fallicismo nella mitologia giapponese. Sebbene Izanagi e Izanami fossero presumibilmente fratello e sorella, si sposarono a Ono-koro. Impararono come fare l'amore guardando un paio di uccellini motacilla, e questi uccelli acquatici sono ancora associati alla coppia.
Tra i discendenti di Izanagi e Izanami ci furono punti di riferimento geografici, tra cui il resto delle isole giapponesi, cascate e montagne, alberi, erbe e vento. Il vento completò la creazione del Giappone, perché fu lui a spazzare via le nebbie e rivelò per la prima volta le isole sparse. Il primo figlio dei due dei fu abortito e questa creatura simile a una medusa (chiamata *Hiruko*) fu, non a caso, gettata in mare. La nascita del bambino demone fu il risultato del fatto che sua madre parlò a sproposito durante il rituale del corteggiamento, un mito che alcune persone oggi credono contribuisca le disuguaglianze tra uomini e donne nel Giappone moderno.Tutti gli altri loro figli sopravvissero. L'ultimo a nascere, dopo che la serie di isole si formò e si popolò, fu la causa della morte di sua madre. Fu il dio del fuoco. Dopo la sua nascita, Izanami ebbe una febbre così forte che alla fine la uccise.
In preda alla morte, vomitò gli dei del metallo e delle miniere. Urinò gli dei dell'acqua e le piante verdi che crescono nell'acqua. Nei suoi escrementi c'erano gli dei dell'argilla o della terra. Al momento della morte, Izanagi pianse e si arrabbiò per il suo dolore. "*Ho dato via la mia amata sposa in cambio di un semplice figlio*", disse. Le sue lacrime divennero il kami il cui nome significa "*donna di palude piangente*". Nella sua rabbia prese la spada e tagliò la testa di Kagu-tsuchi, il dio del fuoco. Dal sangue del dio del fuoco e da tutte le parti del suo corpo provenivano altri dèi, conosciuti come i kami "nati dalla spada".
Furono Dei legati al fuoco e alle rocce, gli Dei del vulcano e dei terremoti. Izanagi andò nella terra delle tenebre, lo *Yomi-tsu-kuni*, il mondo sotterraneo, per cercare sua moglie. Quando la trovò, all'ingresso oscuro degli inferi e avvolto dalle ombre, disse: "*Oh, mia amata sposa, non abbiamo finito di costruire le terre. Devi tornare*!" Lei indietreggiò e avvertì Izanagi di non guardarla. Era troppo tardi. Izanami aveva già "mangiato nel focolare", il che significa che aveva mangiato il cibo degli inferi. Disse,

tuttavia, che avrebbe chiesto agli Dei dello Yomi se potesse tornare sulla terra e disse ancora una volta che Izanagi non doveva guardarla. Ma mentre lei era via, lui divenne impaziente e curioso. Passò molto tempo. Voleva così tanto rivedere sua moglie che si staccò un dente dal pettine tra i capelli e lo usò come una torcia. Entrò nella stanza dove era andata Izanami e vide che era un cadavere marcio pieno di vermi che si dimenavano. Izanagi ebbe paura e fuggì, ma Izanami era arrabbiata per averla fatta vergognare. Gli mandò dietro le streghe di Yomi. Izanagi gettò la vite che gli teneva i capelli e questa portò l'uva, che le streghe mangiarono. Quando lo inseguirono di nuovo, si tolse il pettine dai capelli e lo gettò a terra. Questa volta portava germogli di bambù. Di nuovo le streghe si fermarono e mangiarono. Izanagi fuggì di nuovo, agitando la spada dietro di lui. Lanciò tre pesche ai suoi inseguitori (che ormai includevano le streghe, i guerrieri di Yomi e otto divinità del tuono che si erano formate nel corpo di Izanami) e chiese loro di salvarlo, cosa che fecero. La stessa Izanami lo inseguì allora, ma lui scappò e spostò un'enorme roccia per bloccare il passaggio. Infransero i loro voti nuziali, divorziando. Izanami giurò che avrebbe ucciso 1.000 persone al giorno e Izanagi giurò che avrebbe causato 1.500 nascite ogni giorno, tenendo conto della mortalità umana e dell'aumento della popolazione. Izanami divenne il kami del mondo della morte. Non è un luogo di punizione o giudizio nel mito shintoista, ma un luogo di oscurità e decadenza.
Izanagi disse: "*Sono stato in una terra orribile e sporca. Devo purificarmi*" (tradizionalmente, i giapponesi fanno ancora un bagno rituale dopo un periodo di lutto). Alla foce di un ruscello a Hyuga (Kyushu nordorientale), Izanagi si tolse i vestiti, dai quali nacquero molti kami, e fece il bagno. Dal suo bagno nacquero altre divinità. Gli ultimi tre furono i più importanti. Quando si lavò l'occhio sinistro nacque il sole, **Amaterasu**-no-mikoto, letteralmente "Persona che fa risplendere i cieli". Quando si lavò l'occhio destro, nacque **Tsuki-yomi**-no-mikoto ("la luna d'agosto"). E quando si lavò il naso, nacque **Susanono**-Mikoto ("il maschio furioso di agosto"). Izanagi si rallegrò di questi tre nobili figli e diede loro il suo potere. Decise di dividere la terra e dare a ogni Dio una

porzione di essa. Ad Amaterasu, diede una collana e disse: "*Governerai le Alte Pianure del Cielo*". *A Tsuki disse: "Governerai il regno della notte*". A Susano disse: "*Governerai l'oceano*", sebbene Susano sia anche il kami delle tempeste, che vengono dall'oceano. Obbedienti, Amaterasu e Tsuki andarono a governare i regni che furono loro affidati, ma Susano pianse e ululò, finché la vegetazione delle montagne non morì ed i fiumi e i mari si prosciugarono. Suo padre gli chiese: "*Perché piangi e ululi invece di governare la terra che ti è stata affidata?*"

"*Desidero andare nella terra di mia madre*", rispose Susano. Arrabbiato, Izanagi bandì Susano, dicendo: "*Non dovresti vivere in questa terra*". Quest'ultimo mito ha due finali. In uno, Susano è asceso al cielo dove rimane nel Palazzo Giovane del Sole. Nell'altra versione di questo mito, Susano è custodito a Taga (nella prefettura di Shiga, Honshu).

1.2.2 Amaterasu, la dea del sole

Molti miti spiegano i fenomeni naturali. Il fratello Sole e la sorella Luna hanno una relazione difficile e siedono nella loro terra celeste, curiosamente simile al Giappone nella struttura, con le spalle l'una all'altra: ci si riferisce al giorno e alla notte.

La dea del sole, Amaterasu, è considerata la divinità da cui discende la famiglia imperiale. Tra le tante storie legate a lei, una delle più note è quella del suo ritiro in una grotta.

Amaterasu e Susano non erano amici, in quanto il Dio della Tempesta era un personaggio problematico. Una volta visitò il suo dominio con il pretesto di fare ammenda per un precedente comportamento scorretto. Invece distrusse le sue risaie e profanò gran parte della sua proprietà. Amaterasu si vendicò ritirandosi in una grotta, oscurando così il mondo intero.

Le voci dei kami si alzarono allarmate e accaddero cose terribili. Omopi-kane-no-kami pensò al problema (Omopo significa letteralmente "riflettere", e questo kami è sempre quello chiamato a proporre idee per i kami celesti. Il suo nome intero suggerisce che è il "kami che combina pensieri", in grado di trattenere molti pensieri, o pensare con molti kami). Alla fine il kami costruì un grande specchio e lo appese ai rami di un albero sacro preso dalle montagne. I kami appesero un panno bianco e blu all'albero. In cima all'albero c'era un trespolo (la cui forma divenne la forma di un santuario shintoista) con un gallo sopra. Un kami sollevò l'albero mentre un altro pronunciò solenni parole di magia. Poi una bellissima kami, Ama-no-uzume, si levò in piedi su un secchio capovolto e ballò, esponendo il suo corpo, finché tutte le ottanta miriadi di kami non risero. Amaterasu aprì la porta e disse: "*Pensavo che le terre sarebbero state oscure. Perché Ama-no-uzume sta cantando e ballando e voi state ridendo?* "

Ama-no-uzume disse che ridevano perché c'era un kami superiore anche ad Amaterasu. Due dei tenevano lo specchio di fronte alla porta della grotta dove si nascondeva Amaterasu. Quando emerse e si avvicinò allo specchio, fu come se un raggio di alba spuntò. Un dio che si era nascosto,

un dio di grande forza, la tirò fuori; un altro dio tese una corda magica dietro di lei, dicendo "*Non puoi tornare indietro*!" E così, con la ricomparsa del sole, la luce tornò nel mondo, come il sole esce dopo l'oscurità. Amaterasu ridiede la luce del sole al mondo. Gli ottanta miriadi di kami punirono severamente Susano, facendogli pagare una multa di mille tavole di offerte rituali. Gli tagliarono anche la lunga barba e le unghie dei piedi e lo rimandandarono sulla terra. Quando tornò, ebbe più problemi, anche se alla fine uccise un drago a otto teste facendolo ubriacare così tanto con vino di riso (sake) da poterlo tagliare. Mentre tagliò la coda, scoprì in essa una spada che appare in molti altri miti giapponesi. Le repliche di quella spada, lo specchio usato per invogliare Amaterasu a nascondersi, e le perle che Amaterasu portava nei suoi capelli, da cui Susano creò i bambini, vengono date a ogni nuovo imperatore giapponese quando è incoronato.
Sono le tre insegne della regalità che legano l'imperatore agli dei, e soprattutto ad Amaterasu, da cui discende l'imperatore.

Amaterasu esce dalla grotta

Susanoo. Fonte: wikimedia

1.2.3 Susano, il dio della tempesta

Susano, tuttavia, non è limitato al suo ruolo di dio della tempesta. Il suo nome fu tradotto come "*Divinità rapida e impetuosa*" e "*Il maschio impetuoso*". Fu bandito dal paese celeste di Amaterasu e andò nella provincia di Izumo, sulla costa del Mar del Giappone, a Honshu. Da lì si narra che avesse piantato foreste sulle coste della Corea dai peli della barba, e per questo fu associato alle foreste. È raffigurato con una folta barba ed è forse collegato al peloso Ainu. Anche Susano e la sua progenie sono associati a Izumo. Suo nipote, Omi-tsu-nu, volle estendere il territorio della provincia. Cambiò la costa nella sua forma attuale trascinando verso di sé pezzi di terra dalla Corea e alcune isole al largo della costa di Izumo per mezzo di corde collegate a una montagna. Queste porzioni di terra, unite, formarono la penisola a nord di Izumo. L'ultima corda usata in questa complicata operazione fu legata al Monte Taisen, e si narra che la spiaggia di Yomi, che si trova ai suoi piedi, ne sia i resti. Molte altre storie si raccontano su Susano in veste buona o cattiva. Uno dei racconti più popolari mostra come egli uccise un drago a otto teste a Izumo. Lo fece bevendolo con otto ciotole di sake, la bevanda alcolica giapponese a base di riso distillato. In una versione il sake è avvelenato. Susano usò il suo coraggio e la sua astuzia per uccidere il drago al fine di salvare una dea minore, una ragazza, le cui molte sorelle erano state mangiate a turno dal drago ogni anno. L'eroina della storia fu l'ultima figlia sopravvissuta della famiglia e, come ci si poteva aspettare, sposò Susano. Nella coda del drago morto, Susano trovò la spada, un'altra parte delle insegne imperiali. Durante uno dei rari periodi in cui lui e sua sorella erano amabilmente disposti l'uno verso l'altro, la diede ad Amaterasu. In cambio gli donò alcuni dei suoi gioielli, che costituiscono la terza parte delle insegne. In un'altra occasione gli diede altri gioielli che usò come grandine e fulmini nella sua qualità di dio della tempesta.

1.2.4 Uke-mochi

Proprio come la formazione fisica delle isole vulcaniche fornisce storie o miti, così fanno i loro raccolti. Il dio della luna fu inviato sulla Terra dalla sorella maggiore, Amaterasu, per vedere se la divinità del cibo, Uke-mochi, stesse eseguendo i suoi doveri. Per intrattenere questo essere superiore, poiché Amaterasu ed i suoi due fratelli avevano la precedenza sulle altre divinità, Uke-mochi aprì la bocca mentre si affacciò ai campi e da essa scorse del riso. Quando si trovò di fronte al mare, il pesce e le alghe commestibili vennero rigurgitate, e quando si trovò di fronte alle colline boscose uscirono selvaggina di vario genere. Il dio della luna non apprezzò il modo in cui venne servito il pasto, e la sua rabbia fu così violenta che uccise Uke-mochi. Tuttavia, anche nella morte il suo corpo continuò il suo lavoro, poiché mucche e cavalli uscirono dalla sua testa, i bachi da seta dalle sue sopracciglia, il miglio crebbe dalla fronte e una pianta di riso le scaturì dallo stomaco. Il primo documento descrive la storia come pertinente a Susano, ma un po' più tardi, il *Nihongi*, affermò che il dio della luna uccise Uke-mochi.

1.2.5 Fire Fade e Fire Flash

Anche i fenomeni fisici e climatici, come le maree e gli uragani nonché i terremoti, giocano un ruolo importante nella mitologia giapponese.
Ci sono due miti in cui viene raccontata una storia ben nota. I loro nomi variano da versione a versione, quindi per evitare confusione, qui vengono utilizzati i nomi *Fire Fade* e *Fire Flash*. Questo racconto appare in forme diverse negli annali più antichi di tutti. *Fire Fade* era il più giovane dei due fratelli e un eccellente cacciatore. *Fire Flash* era un ottimo pescatore. Fecero una gara per vedere se ognuno poteva eccellere nello sport dell'altro. *Fire Fade* non solo non catturò alcunché, ma perse l'amo di *Fire Flash*. Il fratello maggiore ordinò a *Fire Fade* di trovarlo.
Questo compito apparentemente impossibile fu portato a termine in una serie di avventure. Il Vecchio Re del Mare consigliò a *Fire Fade* di salpare in mare con una piccola barca. Lo fece, ed incontrò e si innamorò della figlia del Re del Mare. A tempo debito si sposarono e trovarono l'amo mancante nella gola di un tai o di un'orata. La nostalgia per il Giappone (un tema mitologico ricorrente e ancora una caratteristica nazionale), unita al dovere di restituire l'amo da pesca a *Fire Flash*, fece tornare *Fire Fade* sulla terraferma. Sua moglie, incinta all'epoca, gli diede il "gioiello della marea che cala" e il "gioiello della marea che scorre". Questi gioielli del mare riappaiono nei miti a intervalli, essendo usati per vari scopi.

1.2.6 Ninigi e la Principessa dei Fiori

Ninigi

Sebbene una vita breve non fosse sempre ricorrente, ci fu un tempo in cui i principi della casa imperiale non erano benedetti dalla vecchiaia. Forse questo diede origine al mito che quando il nipote di Amaterasu, Ninigi, fu inviato in Giappone con i tre oggetti delle insegne imperiali, si innamorò di Ko-no-hana, la principessa che fa sbocciare i fiori degli alberi. Suo padre, Oho-yama, il Possessore della Grande Montagna, aveva una figlia maggiore, Iha-naga, la Principessa lunga come le rocce. A Ninigi fu concessa la scelta di una delle due figlie. Rimase fedele alla Principessa dei Fiori e la sposò. La sorella maggiore, che aveva voluto sposare lei stessa il "nipote amato", rimase profondamente ferita dal matrimonio e dichiarò che se Ninigi l'avesse sposata, la loro prole sarebbe vissuta a lungo - finché durano le rocce. Ma i suoi nipoti sarebbero sbocciati, svaniti e caduti come i fiori in primavera. Nonostante questa terribile profezia, i figli di Ninigi e della sua sposa prescelta includevano *Fire Flash* e *Fire Fade*, quest'ultimo divenuto nonno del primo imperatore del Giappone, Jimmu Tenno, attraverso il suo matrimonio con la figlia del Re del Mare. Dopo che la figlia del Re del Mare seguì *Fire Fade* sulla terra e lui ebbe restituito l'amo al fratello maggiore, gli chiese di costruirle un rifugio in cui potesse dare alla luce il bambino atteso. Entrò in questa capanna quando iniziò il suo travaglio e gli comandò di non assistere al parto. *Fire Fade* guardò e con suo orrore vide che aveva assunto la forma di un drago. Fuggì, ma al suo ritorno trovò un bambino mortale nel piccolo rifugio: sua moglie tornò definitivamente dal padre Re del Mare, essendo stata vista sulla terraferma nella sua forma di drago. Mandò sua sorella dal mare a rintracciare il bambino e quando raggiunse la virilità, sposò questa zia. Il loro figlio fu il primo imperatore. Qualunque fu la durata della vita generale dei principi della famiglia imperiale, un boschetto di ciliegi circonda il santuario della consorte di Ninigi, e suo padre e sua sorella sono venerati come Padre della Montagna e Principessa delle Rocce. Lo stemma dell'esercito imperiale era un unico fiore di ciliegio, che simboleggiava la gloriosa, anche se breve, vita di chi si dedica al dovere. Il bambù è stato a lungo un simbolo fortunato, che rappresenta la tenacia e il coraggio. Il bambù si piegherà al vento ma non si spezzerà. È una pianta che cresce abbondantemente in campagna ed è ammirata per la sua grazia oltre che per il suo significato simbolico. È usato sia ai festival per ornamenti che in varie forme come uno stemma. I fiori giocano un ruolo molto più importante nell'araldica del Giappone e in altri paesi. È la flora piuttosto che la fauna che predomina negli stemmi delle antiche famiglie. I loro giardini mostrano quanto siano consapevoli della bellezza della loro campagna. Montagne, valli profonde, campi terrazzati, cascate, ruscelli e formazioni rocciose trovano il loro posto in questi giardini spesso piccoli ma accuratamente proporzionati. Sono paesaggi in miniatura. La vita vegetale e la terra in cui cresce sono tanto tipicamente giapponesi quanto i miti che le circondano.

1.2.7 Alberi e rocce

In tutto il Giappone si sentono storie di alberi che hanno una forma particolare o bella.
Una coppia di pini intrecciati riguarda il mito di una coppia di amanti. Vagarono lontano dal loro villaggio e al calar della notte ebbero paura di tornare e affrontare il dispiacere delle loro famiglie o le provocazioni dei loro amici. Si abbracciarono e parlarono del loro amore. Al mattino si erano trasformati in pini.
Si narra che un'altra coppia di pini sia una coppia devota morta nello stesso momento. Questi alberi rappresentano la fedeltà così come la più consueta vecchiaia felice.
A Kyushu, sulla costa di Matsura, c'è una roccia conosciuta come Roccia del Sayo-hime. Come tante formazioni rocciose dalla forma curiosa, ha la sua storia. Sayo-hime era la moglie di un funzionario i cui compiti lo portarono in Cina. Nell'antichità, Matsura era il porto della terraferma asiatica. Rimase a salutarlo molto tempo dopo che la sua nave scomparse, finché alla fine il suo corpo si trasformò nella roccia che porta il suo nome.

1.2.8 L'uragano Hira

L'uragano intorno al lago Biwa, che spesso si manifesta in Agosto, è chiamato uragano Hira, poiché soffia dalla catena montuosa di Hira. Una leggenda che lo riguarda racconta di una giovane ragazza che visse in riva al lago e si innamorò del guardiano del faro dall'altra parte del lago. Era solita visitarlo, attraversando l'acqua di notte guidata dalla luce che continuava a lampeggiare sul lago. Tutto andò bene per un po'. Ma la sua indifferenza per i pericoli dell'annegamento e il suo comportamento sfrenato fecero sì che il guardiano del faro si chiese se fosse una strega malvagia e non solo una giovane donna attraente e coraggiosa pronta a visitare il suo amante ogni notte nonostante un viaggio pericoloso. Così una notte, per mettere alla prova la sua teoria, spense la luce. La donna si perse nel lago oscurato e alla fine, spaventata e infuriata dal guardiano del faro per non averla aiutata a raggiungerlo, si lanciò dalla sua barca. Mentre annegò, maledisse lui e il suo faro. Un uragano esplose immediatamente e non si placò finché sia il faro che il suo guardiano non scomparsero.

CAPITOLO 2. UNA BREVE STORIA DEL GIAPPONE

In questo capitolo ti mostrerò una breve introduzione alla storia del Giappone. Non sarò prolisso in quanto non è oggetto di questo libro che tu sappia l'intera storia di questo popolo, ma che tu conosca a fondo le origini dei miti e apprezzarne così le storie.

Non è facile distinguere tra la fine del periodo mitologico e l'inizio del periodo storico nella storia giapponese. Ci sono molti miti ambientati in tempi storici: le persone conosciute per essere vissute furono trasformate in seguito in eroi leggendari, e man mano che le storie furono raccontate, le loro avventure e azioni crebbero di numero e il loro eroismo fu amplificato.

L'area conosciuta come Yamoto a Honshu fu la sede del potere sin dai tempi più antichi. Fu qui che il primo imperatore del Giappone, Jimmu Tenno, salì al trono nell'anno 660 a.C., sebbene questa data sia leggendaria. La storia, e la mitologia nel suo significato più stretto, risale ancora più indietro, all'Età degli Dei.

2.1 IL *KOJIKI* E IL *NIHONGI*

Il primo libro giapponese esistente, il *Kojiki* (*Testimonianze di Documenti Antichi*), fu completato nel 712 d.C. per essere seguito nel 720 d.C. dal *Nihongi* (*Cronache del Giappone*).

Queste sono le due fonti principali di tutta la mitologia giapponese ed è da esse che vengono estratti i racconti riguardanti l'era preistorica nei capitoli di questo libro.

Si ritiene che siano state compilate due precedenti serie di documenti, ma che non siano sopravvissute.

L'imperatore Temmu, salito al trono nel 673 d.C., fece sì che tutto ciò che si sapeva del loro contenuto fosse memorizzato. Hiyeda no Are, che si pensa fosse una donna, fu incaricata di questo compito, ma il suo protettore morì prima che il *Kojiki*, come il lavoro è ora noto, fosse scritto. Un decennio dopo il suo completamento, essendo custodito nella memoria di Hiyeda no Are per venticinque anni, il *Nihongi* fu scritto. Entrambi apparvero durante il regno dell'Imperatrice Gensho (715-723), ma fu l'imperatrice Gemmio (708-715) a comandare che il *Kojiki* dovesse essere registrato alla sua corte dai ricordi narrati di Hiyeda no Are.

In altre parole, le raccolte di leggende e credenze del popolo Yamato furono realizzate nell'VIII secolo allo scopo di confermare le origini celesti della corte e della popolazione. Il *Kojiki* fu mantenuto dal sacerdozio shintoista in forma manoscritta fino a quando non fu stampato per la prima volta nel 1664. Il *Nihongi* fu scritto in caratteri cinesi, ma il precedente *Kojiki*, sebbene scritto nello stesso modo, ebbe peculiarità di sintassi puramente giapponese.

2.1.1 Oh-kuni-nushi

Per raggiungere il periodo mitico prima della fondazione semistorica dell'impero, è necessario tornare nella penisola di Izumo. Le attività del dio della tempesta Susano erano principalmente limitate a Izumo. Suo genero era un giovane dio, Oh-kuni-nushi, "il Grande Maestro della Terra". Oh-kuni-nushi assicurò il matrimonio alla figlia di Susano rapendola. Legò i capelli di Susano alle travi della sua casa e poi i due fuggirono, portando con sé la spada di Susano, il suo arco e le frecce e anche il suo koto, o arpa. Ma Susano fu svegliato dalle corde del koto che suonò di propria iniziativa mentre la coppia fuggì, e seguì il suono. Quando raggiunse i due, fu impressionato dalla loro astuzia perché non solo permise il matrimonio, ma permise loro di conservare i tesori che avevano rubato e, cosa più importante, diede a Oh-kuni-nushi il diritto di governare la provincia.

2.1.2 Suku-na-biko, il dio nano

Oh-kuni-nushi fu aiutato nella sua nuova autorità da un dio nano chiamato Suku-na-biko, "Piccolo Uomo di Fama". Si incontrarono per la prima volta quando arrivò sulla costa di Izumo su una piccola zattera, indossando ali di falena e piccole piume. Il nano era il figlio della Dea Divina Produttrice ed era qualificato nelle abilità mediche. Lui e Oh-kuninushi divennero inseparabili e insieme curarono le malattie della zona e coltivarono anche piante e raccolti. Il Piccolo Uomo di Fama concluse i suoi giorni arrampicandosi su una pianta di miglio quando il raccolto fu maturo. Il suo peso, unito a quello delle spighe, fece piegare la pianta e poi lo scaraventò in cielo. Si narra che questo adorabile piccolo dio appaia ancora e conduca le persone alle sorgenti termali, un'azione caratteristica perché era noto per la sua indole gentile e per le sue conoscenze mediche.

Sebbene lo Stato fosse stato fondato a Izumo, Amaterasu voleva che suo nipote Ninigi governasse l'intero arcipelago che fu generato da Izanagi e Izanami. Attraverso una serie di intermediari, tra cui suo figlio, tentò di ottenere il suo regno. Ma l'accordo non fu raggiunto fino a quando i figli di Oh-kuni-nushi e lo stesso Ninigi non organizzarono che Ninigi dovesse governare a Izumo.

La condizione fu che i poteri del mondo visibile fossero suoi e che le cose "nascoste" rimanessero appannaggio dei discendenti di Susano.

Le conoscenze mediche del Piccolo Uomo di Fama, così come i poteri dell'esorcismo e dell'occulto non furono sotto il controllo di Ninigi.

Vale la pena notare che nel *Nihongi*, Susano aveva il dominio del mare, un intero mondo sotterraneo, anche se questo non è sottolineato nel *Kojiki*.

Uno dei più alti ordini giapponesi è quello del **Sacro Tesoro**. Ninigi fu il primo ad esserne investito perché Amaterasu gli diede le insegne della regalità: la Spada, lo Specchio e i Gioielli. Lui e i suoi seguaci arrivarono a Kyushu dalle Pianure Celesti sulla costa del Pacifico, una regione chiamata Himukai. Nella traduzione, questo significa "affrontare il sole". Migrarono verso est lungo il Mare Interno verso la regione centrale di

Honshu conosciuta come Yamato, che non fu raggiunta fino a due generazioni dopo da Jimmu Tenno, che sbarcò sull'isola principale vicino all'attuale città di Osaka. I discendenti di Amaterasu e Ninigi furono una volta sconfitti dagli abitanti locali mentre si dirigevano verso est quando combatterono di fronte al sole. Da allora in poi ebbero sempre combattuto, con successo, con i raggi della dea del sole dietro di loro. Dopo l'arrivo di Jimmu Tenno come primo imperatore del Giappone, Yamato continuò ad essere la sede della corte imperiale fino alla fine del VII secolo. La corte si trasferì poi nell'attuale città di Nara, anch'essa a Honshu ma più a nord. Là rimase fino al 784. Kyoto divenne la capitale nel 794. Fu durante il periodo di Nara che furono trascritti il *Kojiki* e il *Nihongi*. Fu un periodo di sette regni e fu, nel complesso, un'era creativa e costruttiva. Ma secoli prima che fosse istituita, la corte fu tormentata dagli Ainu e ci fu un'insurrezione a Kyushu. L'Imperatore Chuai (192-200) morì per una ferita da freccia nella campagna del Kyushu, anche se nel *Kojiki* si narra che morì mentre suonava uno strumento musicale.

2.1.3 Yamamoto Date

Chuai era il figlio di Yamamoto Date, uno degli ottanta figli dell'Imperatore Keiko. Yamamoto non divenne mai Imperatore, ma fu un potente combattente e patriota. Visse nel II secolo e molte storie si raccontano su di lui.

Fu mandato a sottomettere le tribù ribelli in occidente per vendicare le atrocità commesse da loro su alcuni dei suoi numerosi fratelli. Si travestì da giovane donna e in questo modo fu ammesso nella casa di uno dei capi tribù. Questo capo diede una festa in onore della "giovane donna" e si ubriacò per il suo bene, dopo di che Yamamoto Date lo pugnalò a morte.

Yamamoto sentì che era suo dovere uccidere un altro fuorilegge. Finse di ignorare i crimini dell'uomo e divenne un suo conoscente al punto da andare a nuotare con lui di tanto in tanto. Quando Yamamoto Date si assicurò che il fuorilegge non avesse alcun sospetto, portò con sé una spada di legno in una di queste escursioni oltre alla sua stessa arma letale. Mentre il fuorilegge era in acqua, Yamamoto Date nuotò a riva e, senza essere visto, prese la spada del fuorilegge dal fodero, sostituendola con quella di legno (a quei tempi non si andava in giro disarmati). Quando il nuotatore lo raggiunse, Yamamoto suggerì un duello amichevole e mentre la vittima del trucco lottò per estrarre la spada di legno dal fodero, il suo avversario lo decapitò con la sua stessa spada. Suo padre, l'imperatore Keiko, fu molto felice di sentire di questa prestazione.

In un'altra occasione Yamamoto fu mandato a est per sottomettere le tribù Ainu. Lungo la strada si fermò a pregare presso il santuario dove era custodita la spada che Susano aveva trovato nella coda del drago (ora parte delle insegne imperiali) e prese con sé la spada. Gli Ainu finsero di arrendersi e lo invitarono a cacciare con loro in aperta pianura. Ma lo circondarono e diedero fuoco al sottobosco. Yamamoto abbattè i cespugli con la spada e scappò.

Ci sono altre versioni più magiche di questa storia.

Un altro incidente si verificò nella stessa spedizione a est. La sua nave fu travolta da una spaventosa tempesta e la sua consorte, sapendo che aveva fatto arrabbiare gli dei del mare e che non avrebbero cessato di tormentare lui e il suo gruppo senza un sacrificio umano, si gettò in mare in quella che ora è la baia di Tokyo. La nave fu così in grado di portare Yamamoto Date e il suo gruppo sani e salvi a destinazione, poiché la tempesta cessò con il suicidio.
Dopo ulteriori battaglie, Yamamoto Date tornò dalla sua famiglia e sentì parlare di uno spirito malvagio ribelle. Partì nuovamente per una spedizione, ma si ammalò di febbre causata da questo spirito. Fu costretto a casa, dove morì. Un uccello bianco si alzò dal suo tumulo funerario e lo stesso fenomeno si verificò in due successive sepolture. La reinterpretazione del padre dell'Imperatore Chuai fu registrata in seguito ed è un esempio di come gli antichi eroi si aggrappano all'immaginazione e le loro storie si estendono.

2.2 LA CONQUISTA DELLA COREA

L'anno 200 d.C. non è solo la data tradizionale della morte di Chuai, ma anche quella dell'invasione della Corea da parte della sua vedova, l'imperatrice Jingo. La data esatta della conquista è incerta, ma è parte integrante della mitologia giapponese che l'Imperatrice abbia trasportato il figlio non ancora nato per tre anni. Questo lungo periodo tra il suo concepimento e la sua nascita permise alla madre di completare la sottomissione della Corea e tornare in Giappone. A tempo debito il bambino divenne l'imperatore Ojin, che in seguito fu divinizzato come **Hachiman**, il dio della guerra. Divenne una divinità protettrice del clan Minamoto che ebbe un ruolo importante nella storia giapponese ottocento anni dopo. Fu registrato che i re degli allora Tre Regni di Corea promisero all'imperatrice Jingo di "*rendere omaggio e inviare tributi fino a quando il sole non sorgerà più a est, ma verrà da ovest; finché i corsi dei fiumi non tornano indietro e i ciottoli del fiume salgono e diventano stelle in Paradiso*". Qualunque cosa gli storici possano dire della conquista della madre dell'imperatore Ojin nel terzo secolo, si crede che il suo successo fosse dovuto in gran parte al fatto che lei avesse con sé i 2 gioielli della marea. Questi mitici gioielli del mare, la cui origine è già stata descritta, le hanno permesso di controllare le maree e quindi le manovre della sua flotta di navi e dell'esercito di pesci che la accompagnavano. Certamente lo stretto legame tra il Giappone e la Corea è un fatto mitologico e storico consolidato da tempo. Nel 285 d.C. uno dei tre re coreani introdusse i caratteri cinesi in Giappone.

2.3 L'ARRIVO DEL BUDDISMO

Non entrerò nei minimi dettagli della storia giapponese e della loro interrelazione con la storia della Cina e della Corea, ma tre secoli dopo il tributo coreano che diede al Giappone una lingua scritta, arrivò anche il buddismo: di nuovo dalla Corea e di nuovo sotto forma di tributo.
Uno dei re coreani aveva bisogno di aiuti militari dal Giappone e il suo tributo questa volta assunse la forma fino ad allora unica di un'immagine del Buddha fatta di oro e rame, insieme a una selezione di scritture buddiste.
Il *Nihongi* fornisce la data di questo dono all'anno 552 d.C.
L'imperatore regnante ricevette volentieri le nuove dottrine, ma ci fu opposizione a corte. I dettagli dei conflitti emotivi e marziali di questo periodo sono oscuri, ma a parte i conflitti causati dall'uomo, colpì anche la malattia. Gli anti-buddisti ritennero che la peste provenisse dall'influenza della nuova religione e l'immagine d'oro fu gettata nel fiume più vicino e il tempio che la ospitò fu distrutto. Le devastazioni della malattia furono temporaneamente attenuate, ma un improvviso lampo dal cielo (proveniente da un cielo limpido) non solo demolì il palazzo imperiale ma uccise i responsabili della profanazione del tempio. L'immagine fu recuperata rapidamente. Ma gli eventi si ripeterono e lo stesso Imperatore divenne una vittima fatale della ricorrente epidemia. Per la seconda volta, l'immagine fu recuperata e attorno ad essa fu eretto un nuovo tempio.

2.3.1 Shotoku Daishi

Il principe Shōtoku affiancato dal fratello minore (a sinistra: il principe Eguri) e dal primo figlio (a destra: il principe Yamashiro), disegnato da un autore sconosciuto

Gli anni 593 e 621 sono quelli indicati per la reale accettazione del buddismo in Giappone. Erano gli anni della reggenza di Shotoku Daishi. Questo era il suo nome postumo (*daishi* significa santo o abate), poiché il suo nome durante la sua vita era Umayado. Gli fu dato perché sua madre, l'imperatrice consorte, partorì prematuramente durante l'ispezione delle scuderie imperiali. Fu un legislatore e un riformatore sociale oltre ad essere un devoto buddista, e si pensa che l'arte della composizione floreale giapponese iniziò durante la sua reggenza quando insistette affinché si mettessero dei fiori davanti alla sua immagine di Buddha nel suo santuario privato. Fu in questo periodo che il Giappone ricevette il suo nome. Prima che fosse un territorio vagamente definito dentro e intorno al Mare Interno, Izumo e Yamato; prese il nome di quest'ultima provincia. Ma con l'aumentare del controllo della corte, aumentò anche l'interesse per il buddismo, e con entrambi arrivò il flusso di apprendimento dalla terraferma asiatica. Il termine *jih-pen* in cinese significa "fonte del sole" e i cinesi fornirono questo nome alla terra a est. Le parole *Nippon* e *Japan* derivano dall'originale *Jih-pen* cinese. *Dai Nippon* (*Great Japan*) non ha lo stesso significato che in Gran Bretagna, dove il "*Great*" era usato per differenziarlo dalla Bretagna. *Dai Nippon* è un'espressione del sentimento che i giapponesi provano per il loro paese.

2.4 IL PERIODO FUJIWARA

Uno dei templi più famosi costruiti da Shotoku Daishi fu a Nara, dove fu costruita la prima capitale. Il periodo di Nara durò dal 710 al 784. Il periodo successivo durò più a lungo, dal 784 al 1192. Fu il periodo Fujiwara. La capitale fu trasferita nell'attuale Kyoto dieci anni dopo che il clan Fujiwara prese il potere. All'epoca fu dato il loro nome e si sposarono nella famiglia imperiale.
Tra gli assistenti di Ninigi quando arrivò per la prima volta a Kyushu ce ne fu uno chiamato Ama-tsu-Koyane. Si sposò, ebbe figli ed a tempo debito la famiglia divenne titolare ereditaria del titolo di *Sommo Sacerdote dell'Impero.*
Nel VII secolo uno di loro prese il nome di Fujiwara, diventando allo stesso tempo il primo ministro dello Stato. La presa civile e religiosa divenne assoluta.
La prima carica e influenza religiosa fu shintoista e non buddista. Fujiwara significa "campo di glicine" e lo stemma di famiglia, ancora esistente, è un altro esempio dell'uso dei fiori nell'araldica giapponese.
Per tre secoli i Fujiwara dominarono non solo a corte, ma in tutto il paese. Fu descritta come un'era di pace e completamento. Le arti visive e la letteratura erano contemplate e furono inventati gli script *katagana* e *hiragana*. Entrambi gli script sono tipi di caratteri fonetici, utilizzati per espandere il sistema esistente di scrittura cinese.
Ma i lunghi anni di vita di corte si fecero sentire e i Fujiwara iniziarono a dare segni di decadenza. Poiché tenevano tutti gli incarichi civili, i guerrieri provenivano da altre famiglie. Questi diversi clan tennero al sicuro i confini e, col passare del tempo, divennero non solo sprezzanti dei Fujiwara civili e dei loro servitori, ma sempre più abili nell'arte della guerra. Delle grandi famiglie e clan combattenti ce n'erano due di eccezionale importanza: **i Taira e i Minamoto**.

2.5 IL FEUDO DEI TAIRA E MINAMOTO

La politica di quest'epoca travagliata non è particolarmente preoccupante per quanto riguarda la mitologia. Ma il declino dei Fujiwara e le lotte per il potere tra i clan Taira e Minamoto lo sono. Queste lotte furono la fonte di molti miti, ballate, leggende e persino temi delle opere teatrali. Le guerre tra le due fazioni durarono trent'anni e furono spesso paragonate alle Guerre delle Rose.

La bandiera di Taira era rossa e quella Minamoto bianca.

Le date vanno dal 1156 al 1185 e il conflitto è talvolta chiamato **Guerra di *Gempei*** (*Gempei* è una combinazione dei nomi, in caratteri, delle due parti opposte).

Ma anche se non ti descriverò la politica in dettaglio dell'epoca, una cosa deve essere tenuta a mente: indipendentemente dalla persona che ricopriva la posizione di imperatore, la lealtà alla monarchia in quanto tale era assoluta da entrambe le parti.

Molte delle informazioni su questo periodo provengono da una narrativa epica, l'*Heike Monogatari*. I Minamoto e i Taira sono indicati lì e altrove come *Genji* e *Heike*. Per evitare confusione, i *Genji* saranno chiamati con il loro altro nome di Minamoto e gli *Heike* come il clan Taira.

2.5.1 Yoshi-iye

Yoshi-iye fu uno dei primi eroi di Minamoto. Raggiunse la sua virilità via cerimonia in un santuario dedicato a Hachiman, il dio della guerra, e lui e l'ormai divinizzato imperatore Ojin divennero padroni del clan Minamoto e di tutti i guerrieri.
Le colombe bianche sono associate ad Hachiman (come lo sono con Yamamoto Date) e il loro aspetto fu sempre di buon auspicio per i Minamoto nelle battaglie dell'XI secolo.
Yoshi-iye, come Yamamoto Date prima di lui, guidò spedizioni contro le tribù Ainu. In una di queste spedizioni i suoi soldati soffrirono molto per il caldo e la sete. Yoshi-iye pregò Hachiman e poi perforò una roccia con un potente colpo dal suo arco, e l'acqua sgorgò in una fontana che non si prosciugò mai.

2.5.2 Kiyomori

Il più famoso guerriero Taira fu Kiyomori - capo del clan dal 1118 al 1181. Fu l'eroe dell'Heike Monogatari e morì quattro anni prima della battaglia di Dannoura nell'Aprile del 1185.

Ci sono molte storie su di lui: fu un uomo lussurioso e l'amante del suo rivale Minamoto, Yoshitomo, fu costretto a sottomettersi a lui per salvare la vita del suo bambino, Yoshitsune. Contro il suo giudizio, in un secondo momento, Kiyomori risparmiò la vita di Yoshitsune e dei suoi due fratelli, uno dei quali fu Yoritomo.

Yoritomo sconfisse i Taira nella battaglia navale di Dannoura. Kiyomori, al culmine del suo potere, sposò la figlia dell'imperatore e il loro bambino divenne l'imperatore neonato che morì in quella battaglia decisiva.

Benten, una dea del mare, apparirà di nuovo. Ma ora ci fornisce una storia su Kiyomori. Da giovane, egli vide una piccola imbarcazione con una vela scarlatta che brillava nel mare al largo dell'isola di Miyajima nel Mare Interno. A bordo c'erano tre donne fiabesche che si rivelarono essere Benten e le sue due sorelle. Benten promise a Kiyomori molta gloria se avesse ingrandito il suo tempio a Miyajima. Lo fece per ambizione piuttosto che per devozione, e la sua profezia si adempì. La bandiera scarlatta dei Taira deriva dall'incontro marittimo di Kiyomori con Benten.

2.5.3 Tametomo e Yoshitsune

Fonte: Tokyo Metropolitan Library
L'immagine rappresenta Tametomo

Tametomo era lo zio di Yoshitsune, entrambi della famiglia Minamoto. Divennero eroi leggendari, sebbene Yoshitsune sia il maggiore dei due. Tametomo fuggì dalla capitale quando ebbe solo 14 anni, durante il periodo in cui i Fujiwara e i militari stavano cercando di rovesciarsi a vicenda. Fu un guerriero e un leader, esperto nell'uso dell'arco. Combatté con suo padre nel 1157 e dopo la morte di suo padre fu esiliato. La sua ultima grande impresa fu quella di affondare una nave Taira con una sola freccia, dopo di che si suicidò, morendo così di morte da eroe. Gli furono attribuite ulteriori gesta eroiche e si narra che andò nelle isole Loochoo e vi fondò una dinastia reale. Storie come questa sono così popolari che si crede comunemente che sia stato il primo re dei Loochoos. Le imprese di Yoshitsune sono molte e il suo nome e quello del suo servitore, Benkei, riecheggiarono nel corso degli anni. Molte delle loro avventure furono narrate nelle commedie *Noh*. Furono entrambi avventurieri del XII secolo e furono vittoriosi sui Taira. Le leggende su Yoshitsune, come su suo zio, si estendono oltre il tempo della sua morte conosciuta. La storia racconta che dopo la sua morte, causata dalla gelosia del fratello maggiore, invece di morire andò a Yezo (l'attuale Hokkaido) e che divenne Gengis Khan.

2.5.4 Battaglia di Dannoura

L'ultima battaglia tra i Taira e i Minamoto fu la battaglia di Dannoura nello Stretto di Shimonoseki. Yoshitsune fu uno dei suoi eroi e suo fratello, Yoritomo, il vincitore.

Ma i Taira mostrarono una galanteria estrema: molti di loro scelsero di suicidarsi piuttosto che sottomettersi alla sconfitta. La madre del piccolo imperatore, Antoku, figlia di Kiyomori, fu tra queste, balzando da una nave Taira con il suo bambino in braccio, affidandosi alla misericordia degli dei e delle dee del mare.

Allo stesso tempo, la spada sacra andò perduta.

Malcolm Kennedy in "*A Short History of Japan*", afferma che il resto delle insegne imperiali fu successivamente recuperato.

I piccoli granchi, noti come *granchi Heike* (Taira), sono originari di questa parte del Mare Interno. Hanno delle rientranze nel guscio che sembrano un volto umano accigliato. Si ritiene che questi granchi trattengano gli spiriti dei Taira annegati.

Yoritomo, il fratello maggiore di Yoshitsune, stabilì quindi il proprio quartier generale a Kamakura. Divenne il primo shogun e il vero potere in Giappone dovette rimanere a Kamakura, o successivamente durante lo shogunato Ashikaga a Kyoto, fino a quando la capitale fu trasferita a Yedo nel 1590. La corte si spostò a Kyoto nel 1868, momento in cui il nome fu cambiato in Tokyo. Gli shogun governarono a Yedo dalla fine del XVI secolo.

La forza della famiglia fu di nuovo esemplificata dall'ascesa degli Hojo. Hojo Tokimasa e suo figlio, Yoshitoki, erano rispettivamente il suocero e il cognato di Yoritomo. Presero il potere poco dopo la sua morte e la loro famiglia governò come shogun fino al 1333.

Fu nell'anno 1281 che Kubla Khan inviò un'armata d'invasione in Giappone. La storia non si discosta molto da quella dell'Armada spagnola. I pochi mongoli che riuscirono a sbarcare furono rapidamente sconfitti; la loro flotta fu distrutta da un grande vento ritenuto di origine divina.

A questo punto il modello sociale era diventato, sotto la corte imperiale e lo shogunato, un sistema di *daimyos* o governatori, signori feudali e **samurai**, i loro servitori. Il resto della popolazione non partecipò né agli affari politici né militari. L'insurrezione seguita da periodi di pace caratterizzò il Medioevo. Durante lo shogunato di Ashikaga (1338-1573) i disordini civili furono intervallati da periodi di lusso e cultura.

Le commedie Noh furono scritte in gran parte in quest'epoca e si svilupparono le arti della composizione floreale e della cerimonia del tè. I famosi padiglioni d'oro e d'argento (il *Kinkakuji* e il *Ginkakuji*) furono costruiti a Kyoto come residenze per gli shogun.

2.6 DA TOYOTOMI HIDEYOSHI ALLO SHOGUNATO TOKUGAWA

Ritratto di Toyotomi Hideyoshi del 1601

Un altro periodo di lotta tra clan per il potere e il guadagno territoriale durò tra il 1573 e il 1603. Oda Nobunaga (1534-1582) sconfisse gli ultimi shogun Ashikaga (che avevano antenati Minamoto) e capi minori nell'area di Kyoto. Fu assassinato da uno dei suoi generali con il risultato che Toyotomi Hideyoshi divenne onnipotente.

Questo grande guerriero e patriota fu molte volte chiamato il *Napoleone del Giappone*.

Fu l'unico giapponese prima del ventesimo secolo a raggiungere un grande potere da umili origini.

Divenne un samurai e uccise l'assassino sleale di Nobunaga undici giorni dopo l'omicidio del suo padrone.

Molte furono le imprese successive di Hideyoshi.

Non solo represse le rivolte nelle isole meridionali, ma sottomise Sendai nell'Honshu settentrionale. Il suo imperatore lo rese comandante in capo e reggente, e in meno di un decennio dopo la morte di Nobunaga, il Giappone divenne non solo unificato, ma anche il possessore di un nuovo regime fiscale che portò alla fine del vecchio sistema feudale.

Durante la sua vita, Hideyoshi perseguitò sia buddisti che cristiani con l'obiettivo di ottenere il potere politico completo. I primi martiri cristiani in Giappone, venti cristiani giapponesi e sei sacerdoti francescani, furono crocifissi a Kyushu nel 1597. Volle conquistare anche la Cina, ma la Corea si rifiutò di partecipare e Hideyoshi guidò una spedizione in quel paese. Si rivelò infruttuosa. Morì prima del ritiro delle truppe giapponesi, raccomandando il figlio di cinque anni, Hideyori, alle cure dei suoi generali, uno dei quali fu Leyasu Tokugawa. Mentre la più potente delle imprese del combattente Hideyoshi alla fine della sua vita furono le più improduttive, non c'è dubbio che abbia gettato le basi del Giappone moderno.
Nobunaga ebbe due figli e progettò di fondare una linea dinastica. Il suo fedele seguace, Hideyoshi, mise da parte questi piani. Fu lo stesso con il figlio piccolo di Hideyoshi.
Hideyori fu affidato alle cure di Leyasu, ma nonostante tutta la sua lealtà si comportò anche lui come Hideyoshi fece con i figli del suo capo. La morte di Hideyoshi fu seguita dallo shogunato Tokugawa. Leyasu Tokugawa, che fece risalire la sua discesa a Yoritomo Minamoto, vincitore della battaglia di Dannoura e primo shogun, prese il potere. Dopo aver represso i ribelli, divenne shogun nel 1603 e la sua famiglia mantenne il potere a Yedo fino al 1867.
Viene nuovamente utilizzato un fiore come stemma familiare, costituito da tre foglie di malvarosa, le cui estremità appuntite sono rivolte verso l'interno, formando un cerchio.

2.7 L'ISOLAMENTO DEL GIAPPONE

Il cristianesimo fu originariamente portato in Giappone nel 1549 da San Francesco Saverio, dopo che il Paese prese contatto con l'Occidente prima da Marco Polo e poi, nel 1542, dai marinai esploratori portoghesi. Il terzo shogun Tokugawa sterminò il cristianesimo nel 1624 e chiuse il paese a tutti i rapporti stranieri (solo pochi commercianti olandesi e cinesi erano ammessi a Nagasaki).

Iniziarono, così, **200 anni di isolamento**.

Il teatro Kabuki fu fondato nel XVII secolo e tutte le arti, dalla composizione floreale alla realizzazione di paraventi, fiorirono.

La classe dei samurai e la loro etica furono saldamente stabilite per diversi secoli nel 1702. Quello fu l'anno in cui due *daimyo* in lotta diedero ai futuri drammaturghi e narratori di storie i *Quarantasette Ronin*.

Ronin significa "uomo delle onde": qualcuno sballottato come un'onda. Essi erano infatti samurai, e dopo che il *daimyo* che servivano fu insultato e poi si suicidò con onore, si dispersero e furono costretti a diventare ronin. Furono persone reali e l'ubicazione delle loro tombe è ben nota. Le loro azioni per vendicare la morte del loro padrone sono passate alla leggenda. Più avanti ti racconterò con maggior dettaglio la loro storia.

2.8 LA RIAPERTURA

L'anno 1853 pose fine a questo lungo isolamento dal mondo esterno grazie al Commodoro Perry con la sua squadra navale americana. Le potenze occidentali non furono in grado di negoziare strutture commerciali, ancoraggi nei porti giapponesi o sicurezza per i naufraghi al largo del Giappone finché questo commodoro americano con le sue "navi nere" non arrivò a Uraga. L'anno successivo ci fu un Trattato di Commercio con gli Stati Uniti d'America, seguito da trattati con altre potenze e l'apertura di Yokohama al commercio estero.

Nel 1860 i primi inviati diplomatici giapponesi si recarono all'estero. Nello stesso anno un avviso apparve vicino ai santuari Tokugawa a Nikko.

Era datato luglio 1860 e si leggeva: "*Ai Tengu e agli altri demoni. Mentre il nostro shogun intende visitare il Mausoleo Nikko il prossimo aprile, ora quindi voi Tengu e gli altri demoni che abitano queste montagne dovete spostarvi altrove fino a quando la visita dello shogun non sarà conclusa.*" _*Mizuno, Signore di Dewa.*

Le mitiche creature *tengu* appariranno in altri capitoli, ma crederci era un fatto storico ufficiale solo poco più di un secolo fa. Nel 1867, il quindicesimo shogun Tokugawa si dimise.

L'anno successivo, l'autorità suprema fu restituita all'imperatore. Questo segnò la fine del feudalesimo.

L'imperatore Meiji salì al trono un anno prima della Restaurazione, all'età di 18 anni. Morì nel 1912, e in quel periodo il Giappone, non senza difficoltà interne, divenne una nazione moderna e stava per diventare una grande potenza. Ebbe una nuova costituzione, redatta nel 1889 dal primo ministro, il principe Ito, con consiglieri stranieri. Sconfisse sia la Cina che la Russia. La Corea divenne parte del suo impero e come risultato dell'Alleanza anglo-giapponese del 1902, il Giappone si unì agli Alleati nella Prima Guerra Mondiale. Alcuni dei nomi delle figure leggendarie e degli eroi della storia giapponese sono già apparsi; alcuni appariranno di nuovo.

CAPITOLO 3. LE CREDENZE E GLI DEI DEL GIAPPONE

Il buddismo ebbe un'influenza molto importante sulla mitologia giapponese.

Ci sono molte storie di monaci buddisti che depongono fantasmi, di uomini che si rivolgono all'isolamento di un tempio buddista in preda al rimorso.

Il tasso, un animale che compare ripetutamente nel folklore giapponese, è spesso raffigurato nelle sembianze di un monaco buddista.

Ma lo **shintoismo**, e non il buddismo, è la religione indigena.

È dallo Shinto che proviene l'autentica mitologia giapponese, dal *Kojiki* e dal *Nihongi*.

Quando l'Imperatore Temmu (673-686) fece in modo che Hiyeda no Are memorizzasse i "Registri degli antichi", il Kojiki, in realtà stava commissionando una "*storia degli imperatori e delle questioni dell'antichità*". Lo fece perché desiderava evitare future corruzioni della "verità esatta" e per garantire che le generazioni a venire avrebbero compreso appieno non solo la storia della creazione del Giappone, ma anche l'ascendenza divina del monarca.

Gli annali sia nel *Kojiki* che nel *Nihongi* sono quindi, così come le principali fonti di racconti mitologici, le registrazioni de "*La Via degli Dei*", il breve significato dello Shinto.

3.1 LA STRUTTURA DELLO SHINTOISMO

È un culto in cui viene accettata la vita dello spirito dopo la morte, ma che non ha insegnamenti morali. Le ricompense e le punizioni dopo la cessazione della vita terrena non fanno parte dell'antico shintoismo. Sono nati dopo l'introduzione del buddismo.

Un'altra importante differenza tra i due è che lo Shintoismo non ha un'iconografia propria. Lo shintoismo consiste sia nel culto della natura che in quello degli antenati, ma è la venerazione della dea del sole, Amaterasu, e dei suoi parenti e discendenti, la pietra angolare.

Gli assistenti che hanno accompagnato "il nipote amato", Ninigi, a Kyushu dalle pianure celesti sono diventati sacerdoti shintoisti. Il pantheon degli dei e delle dee è fantastico. Otto milioni è la cifra data, ma altri sono stati aggiunti man mano che gli antichi eroi sono stati divinizzati.

Quando furono creati Izanagi e Izanami c'erano otto divinità.

La coppia creò il Giappone e nella sua mitologia la figura **otto** ricorre continuamente. Il drago con la spada nella coda aveva otto teste, ed è solo un esempio di questo. Un esempio di aggiunta alla galassia degli dei è *Hachiman*, il dio della guerra e figlio dell'Imperatrice Jingo, un imperatore durante la sua vita, con il nome di Ojin.

Tutto, sia esso un animale, una montagna o un albero, ha un ***kami***: la storia della creazione spiega questa credenza.

Kami è stato tradotto come un'anima, uno spirito e una divinità. Un'altra possibile traduzione della parola è "*esseri posti più in alto*". È una vitalità propria dell'uomo e anche delle cose non mortali, tra le quali si annoverano piante e laghi. La natura, in altre parole, è abitata dai kami. Il kami di una montagna può essere e spesso è una divinità: può anche essere il protettore di chi ci vive sopra o vicino.

Dal momento che lo Shintoismo primitivo non predicava codici morali, il nucleo dell'insegnamento si fondava sul principio "*segui gli impulsi genuini del tuo cuore*", unito all'obbedienza all'imperatore.

Lealtà e pietà vennero più tardi, con il confucianesimo e il buddismo nel sesto secolo. Tuttavia, la **purificazione** giocò un ruolo importante.
Izanagi si purificò dopo essere tornato dallo Yomi, la Terra delle Tenebre, all'inseguimento di Izanami. La sua purificazione è descritta nel *Nihongi*.
L'esorcismo e l'astensione sono gli altri due metodi di purificazione ed entrambi vengono eseguiti dai sacerdoti.
Il sacerdozio non è vincolato dalle regole del celibato e si può presumere che molti di coloro che divennero monaci in alcune delle leggende narrate qui e altrove fossero buddisti.

PS: ho raccolto in un'unica pagina le letture che consiglio che possono aiutarti ad approfondire la mitologia giapponese. Il link è il seguente: https://odanakamura.netsons.org/letture-mitologia

Oppure scannerizza questo qr code:

3.1.1 Shintoismo e buddismo

Che ci fossero oppositori all'introduzione del buddismo, anch'esso millenario quando arrivò in Giappone dall'India, attraverso la Cina e la Corea, e gli fu dato sostegno dal reggente Shotoku Daishi (593-621) è ben noto. Infatti, la parola Shinto fu usata per la prima volta dopo che il Buddismo arrivò nel paese per differenziare le vecchie credenze dalle nuove.

Fino ad allora, non fu necessario dare un nome alla "*Via degli Dei*". Ci fu una difficile situazione religiosa per circa duecento anni, ma in gran parte, sebbene non del tutto, grazie a Kobo Daishi (774-834) fu raggiunto un compromesso attraverso la dottrina del ***Ryobu shinto*** o "*shintoismo a doppio aspetto*". Questo a volte è anche chiamato in modo descrittivo "*Shinto con due facce*".

Un altro grande sacerdote buddista dello stesso periodo fu Dengyo Daishi (767-822) che introdusse nel Paese la setta buddista ***Tendai***. Kobo Daishi fu il creatore della setta ***Shingon***.

Lo shintoismo, come il buddismo, ha le sue sette.

La cavalleria giapponese, il ***bushido***, fu fortemente influenzata dal buddismo zen. Gli shogun Kamakura (1185-1392) sottolinearono l'importanza della disciplina mentale e corporea.

Nel capitolo sugli eroi, la forza di volontà e l'autocontrollo del *bushido*, lo spirito dei samurai, saranno evidenti.

Ryobu Shinto, come il buddismo zen, ebbe un'influenza sul mito e sulla leggenda. I due sacerdoti, Kobo Daishi e Dengyo Daishi, diedero al buddismo un tratto nazionalistico, fino a quel momento assente, e considerarono la schiera di dei e dee shintoisti come manifestazioni del pantheon buddista.

Non fu difficile, dopo questa accettazione, identificare Amaterasu con Dainichi Nyorai, "*il Buddha primordiale ed eterno*".

C'era e c'è ancora molta sovrapposizione delle divinità.

Per quasi mille anni era la norma per i sacerdoti buddisti prendere servizi nei templi shintoisti, ma le eccezioni erano a Izumo e Ise, dove esiste

ancora il santuario di Amaterasu. Anche architettonicamente la scena cambiò: la semplicità del santuario shintoista fu sovrastata dagli ornamenti buddisti. Tuttavia, con la Restaurazione del 1868, arrivò una rinascita dei primi precetti shintoisti - l'ascendenza divina dell'Imperatore era fondamentale - e così lo Shintoismo "puro" fu ripreso e divenne ancora una volta la religione nazionale, ma non l'unica.
I sacerdoti buddisti lasciarono i templi. I campanili e le altre pertinenze non associate allo shintoismo furono rimosse e senza dubbio gran parte del valore storico e artistico fu distrutto.
Il buddismo non fu in alcun modo soppresso.
Le due religioni si separarono, ma l'influenza l'una sull'altra nelle varie sette rimane fino ad oggi, e *Ryobu Shinto* è ancora esistente.

3.2 DEI BUDDISTI

Bodhi Dharma, un monaco indiano che viaggiò in Cina, iniziò il buddismo zen. Un giorno, mentre praticava la meditazione, si addormentò. Quando si svegliò, fu così arrabbiato con se stesso che si tagliò le palpebre, assicurandosi che non avrebbe mai più dormito. Dalle sue palpebre si crearono le prime piante di tè.
Il tè è sacro per i buddisti zen; contiene anche abbastanza caffeina per aiutare le persone a non addormentarsi.
Anche se il Bodhi Dharma è un personaggio storico, il mito ricorda il mito shintoista in cui le parti del corpo di un dio smembrato vengono trasformate in alimenti essenziali per la cultura.

Ci sono tre distinte divinità buddiste in Giappone - **Amida, Kannon e Jizo** - e sono considerate dèi della misericordia (esistono anche molte altre divinità, anche se meno conosciute). Il primo dio, Amida (Buddha), fu tramandato nella cultura giapponese dalla Cina. È originariamente derivato dalla figura sanscrita *Amitabha* poiché l'India è il luogo di nascita del buddismo. Amida è un *bodhisattva* ("un essere illuminato") che rimandò l'opportunità di ottenere la propria salvezza fino a quando tutti gli esseri umani non fossero stati salvati.

Il secondo dio della misericordia, Kannon, è un altro *bodhisattva* il cui desiderio di proteggere l'umanità si presenta sotto forma di una salvezza posticipata. È il dio che protegge i bambini (e le donne durante il parto). I buddisti giapponesi si rivolgono a Kannon per avere saggezza e consigli. Kannon è solitamente raffigurato come *Senju Kannon*, o il "*Kannon delle Mille Armi*". Kannon è talvolta raffigurato con in mano un loto o come una figura a testa di cavallo con un terzo occhio.

Jizo è il terzo dio buddista della misericordia. Come Kannon, protegge i bambini, specialmente quelli che sono morti. Jizo protegge anche le anime umane che soffrono. I buddisti giapponesi credono che Jizo possa riscattare le anime in difficoltà dall'inferno. I templi in onore di Jizo sono popolari in Giappone.

3.2.1 Il *torii*

Un classico torii

Per chi non lo sapesse, il modo più semplice per distinguere un tempio shintoista da uno buddista è per la semplicità del primo e perché ha un *torii*. Questo ingresso senza cancelli è spesso raffigurato con i suoi due montanti verticali e una singola o doppia traversa.

Lo scopo è una questione molto discussa.

La parola non è diversa da quella che significa uccello, e senza dubbio questo ha dato origine all'idea che i torii fossero progettati per fornire luoghi di riposo per gli uccelli e anche per avvisare gli dei dell'arrivo dell'alba.

Ma la ragione più probabile per spiegare l'esistenza dei torii è che segnavano il luogo in cui era racchiuso ciò che era sacro.

3.2.2 *Tengu* e *oni*

I ***tengu*** sono associati allo shintoismo; gli ***oni*** al buddismo.
Queste creature mitiche saranno descritte nel prossimo capitolo. I santuari shintoisti hanno spesso pini e criptomerie che crescono nelle vicinanze e questi alberi erano generalmente ritenuti le abitazioni dei tengu.
Delle tante storie riguardanti gli oni, o diavoli, ce n'è uno che sottolinea particolarmente la connessione buddista.
Un monaco itinerante incontrò un oni: orribile come al solito in apparenza ma, come non era affatto normale, in un fiume di lacrime. Curioso e compassionevole, il monaco chiese il motivo del suo dolore. L'oni era stato un essere umano nella sua precedente esistenza e poiché in quel momento era stato consumato da pensieri di vendetta verso un nemico si era trasformato in un diavolo alla sua morte. In quello stato aveva avuto tutte le opportunità di vendicarsi del suo nemico e anche dei discendenti dell'uomo, poiché gli oni hanno una vita molto più lunga dei mortali. L'oni piangente aveva appena ucciso l'ultimo della linea di famiglia e le sue lacrime non erano di rimpianto per la vendetta compiuta, ma di autocommiserazione perché avrebbe dovuto vivere il resto della sua vita di oni con il desiderio di vendetta sulla famiglia, che non poteva essere soddisfatta, ora che la famiglia non esisteva più.

3.2.3 Santuari e maledizioni

I santuari a volte sono associati a maledizioni. Ci sono storie di persone che hanno eretto dei santuari alla memoria di persone infelici o maledette, al fine di racchiudere i loro spiriti e impedire che la maledizione si diffonda ancora.

In una di queste storie un fratello e una sorella fuggirono dai loro nemici, forse durante il lungo periodo di disordini civili nel Medioevo. Si nascosero in una grotta e furono nutriti da un boscaiolo. Questo protettore fece promettere a sua madre che non avrebbe tradito la coppia. Non lo fece direttamente, ma quando fu interrogata dagli inseguitori della coppia, guardò verso il luogo in cui si nascosero. Dopo un'intensa ricerca, furono trovati e decapitati. La maledizione risultante fu che il collo della donna si piegò e non riuscì più a tenerlo dritto e i suoi discendenti soffrirono di disturbi agli occhi. Un santuario fu costruito per il fratello, un altro per la sorella, e anche se non si sa se i problemi agli occhi dell'altra famiglia siano continuati, un'epidemia nell'area che seguì l'infelice incidente non si è più ripetuta.

3.2.4 Specchi

Lo specchio in cui Amaterasu guardò, fu ospitato nel suo santuario a Ise, o almeno così racconta la storia. Certamente gli specchi hanno un posto negli edifici sacri, come quello di Amaterasu nelle insegne dell'Ordine del Sacro Tesoro.

Ci sono due proverbi che riassumono il significato dello specchio nella mitologia. Uno è: "*Quando lo specchio è oscurato l'anima è impura*" e l'altro dice: "*Come la spada è l'anima di un samurai, così lo specchio è l'anima di una donna*".

Secondo il *Kojiki*, Izanagi diede ai suoi figli uno specchio d'argento lucidissimo e disse loro di inginocchiarsi davanti ad esso ogni mattina e sera ed esaminarsi. Disse che dovevano sottomettere le loro passioni e pensieri malvagi in modo che lo specchio potesse riflettere solo uno spirito puro.

Lo specchio fa quindi parte dell'antica tradizione giapponese.

C'è una famosa storia conosciuta come lo *Specchio Matsuyama*, che non ha una connotazione strettamente pia. Si tratta dell'amore materno piuttosto che dell'amore romantico.

Matsuyama, che significa pino di montagna, è un luogo e anche un cognome. Lo specchio di Matsuyama è generalmente accettato per riferirsi al luogo piuttosto che al nome della famiglia in cui si trovava. Un uomo regalò a sua moglie uno specchio di metallo che comprò durante una visita a Kyoto e sul quale erano incisi i simboli della lunga vita e dell'unione coniugale, il pino e un paio di gru.

Si ritiene che le gru abbiano, come le anatre mandarine, un solo partner nella vita.

La moglie non vide mai il suo riflesso.

Questa coppia aveva un figlio e una figlia, carina come sua madre e molto simile a lei. Quando la ragazza entrò nell’adolescenza, sua madre si ammalò e per mesi lei la custodì.

Poco prima che la donna morisse, diede a sua figlia lo specchio, accuratamente avvolto, dicendo che era il suo bene più prezioso e che avrebbe confortato la bambina nel suo dolore. La ragazza non vedette mai lo specchio, e quando aprì il pacco dopo la morte di sua madre pensò che il suo riflesso fosse sua madre, di nuovo giovane e bella. Mormorò al riflesso e, vedendo l'animazione sul viso, credette di comunicare con la donna morta, trovando così consolazione nel suo dolore.

La storia varia da versione a versione.

In una il padre si risposò e la matrigna pensò che la ragazza stesse borbottando incantesimi nello specchio. Dopo molte incomprensioni la verità fu scoperta e i tre vissero felici insieme. In un altro, il padre si preoccupava dei ripetuti ritiri della bambina nella sua stanza per sussurrare allo specchio; ancora una volta, quando fu fornita la spiegazione, la storia si concluse con una serenità intesa come donata dalla devozione della madre e dall'influenza del suo specchio.

3.2.5 Storie buddiste

1. Il monaco celibe

Un'altra storia riguardante un buddista è simile a quella del faro e del suo guardiano, poiché riguarda l'uragano Hira sul lago Biwa. Un monaco celibe fu oggetto di un'improvvisa e profonda passione verso una giovane donna. Anche lui era giovane e la tentazione di provare la sua emozione era grande. Per evitare di doverla vedere, le disse che era un eremita che viveva ai piedi del monte Hira e che se avesse potuto attraversare il lago un determinato numero di volte di notte con un mastello, avrebbe ceduto al suo desiderio. Il monaco pensava chiaramente che l'impresa fosse impossibile e non poteva credere che lei l'avrebbe tentata. Tuttavia, la giovane donna non solo tentò, ma riuscì a compiere il pericoloso viaggio il numero di volte necessario, fino all'ultima notte. Poi scoppiò una violenta tempesta e lei annegò. La sua passione si dimostrò ma non si realizzò e il monaco rimase celibe. L'uragano infuria ancora al momento della sua morte, così grandi erano i suoi desideri.

2. Il fantasma di O -Sono

O-Sono era la figlia di un ricco mercante di provincia. Suo padre la mandò nella capitale, che allora era Kyoto, per apprendere le graziose abilità come la cerimonia del tè e la disposizione dei fiori (*ikebana*). Dopo il ritorno a casa di suo padre, si sposò con il figlio di un amico di famiglia, anche lui in affari. La coppia ebbe un figlio, un maschio, ma il matrimonio ebbe vita breve, perché dopo quattro anni O-Sono morì. Non molto tempo dopo la sua morte, suo figlio disse di aver visto sua madre nella sua camera da letto. Anche altri membri della famiglia videro il fantasma della donna morta, sempre guardando il *tansu*, una cassettiera contenente i suoi vestiti. Sua suocera suggerì che i suoi vestiti e le sue cose fossero portati al tempio locale, perché se lo spirito di O-Sono li stava ancora godendo, era meglio che lo facesse nel posto sacro. Ciò fu fatto, ma il fantasma apparse ancora. In seguito, il sacerdote del tempio - un buddista zen secondo Hearn – si diresse a casa loro, sempre su istigazione della suocera di O-Sono. Rimase in camera da letto da solo e il fantasma apparve debitamente e fissò il *tansu*. Aprì ogni cassetto a turno, ma erano tutti vuoti. Tuttavia il fantasma di O-Sono guardava tristemente il mobile. Quindi il monaco prese la carta da lettere dai cassetti e nell'ultimo cassetto trovò una lettera indirizzata a O-Sono con il suo nome da nubile. Lei annuì e si inchinò ringraziando quando lui le disse che l'avrebbe portato al tempio e lì lo avrebbe bruciato e che nessuno avrebbe dovuto leggerlo tranne se stesso. Era una lettera d'amore che O-Sono ricevette durante il periodo in cui stava terminando i suoi studi a Kyoto. Il suo contenuto non fu mai rivelato e nessuno. Il fantasma di O-Sono non è mai più apparso.

3. La campana di Mugen

In una delle sue opere, *Kwaidan*, pubblicata nel 1904, Lafcadio Hearn fa risalire la leggenda della campana di Mugen a otto secoli fa. Era e non è insolito che specchi di bronzo venissero regalati ai templi per fabbricare campane o immagini. Hearn scrive di aver visto una collezione di tali specchi che fu donata in modo da poter essere fusa una statua di bronzo di Amida. A Mugenyama, all'epoca in cui scrisse Hearn, fu realizzata una simile collezione di specchi per una campana del tempio.

Una donna regalò il suo specchio che ereditò da sua madre, che a sua volta ereditò da sua madre. Oltre ad essere un cimelio di famiglia, lo specchio era importante per la donna per via del disegno degli emblemi portafortuna incisi sul retro: il pino, il bambù e la prugna. Si rammaricò di averlo ceduto e temette che la verità del proverbio dello specchio fosse l'anima di una donna. Quando giunse il momento di fondere la grande campana, lo specchio donato dalla donna non si sciolse. Poiché gli abitanti del villaggio sapevano chi l'ebbe donato, la sua vergogna fu grande. Il suo cuore si rivelò a tutti duro, duro come il metallo del suo dono. Donò il suo cimelio con riluttanza e, inoltre, si pentì di averlo dato. Non c'è da stupirsi che il metallo sia rimasto solido quando gli altri specchi, donati con uno spirito diverso, si sciolsero sotto il calore.

Alla fine, il suo rancore, crescendo dentro di lei come un cancro, divenne così prepotente che si uccise con rabbia, lasciando una nota sul fatto che dopo la sua morte, lo specchio che donò si sarebbe sciolto e quella grande ricchezza sarebbe arrivata a chiunque fosse riuscito a rompere la campana che incorpora il metallo. Questa nota era una maledizione e lo spirito della donna era vendicativo. Dopo che la campana fu fusa, fu battuta da coloro che cercarono di romperla e ottenere la ricchezza promessa. Il conseguente suono incessante della campana e, il rumore inquietante, spinsero infine i sacerdoti a far rotolare la campana del tempio giù per la collina sottostante e spingerla nella palude in fondo, dove giace immobile, lasciando solo la leggenda dietro di sè.

3.2.6 Kobo Daishi

Statua di Kobo Daishi

Foto caricata su Flickr da Akuppa John Wigham. Fonte: https://www.flickr.com/photos/90664717@N00/11043922356

Sebbene Dengyo Daishi abbia svolto un ruolo importante nell'aprire la strada a Ryobu Shinto, ci sono poche leggende su di lui.

Si sa che fece un viaggio in Cina e vi rimase a lungo portando con sé i principi della setta Tendai. Del suo contemporaneo, Kobo Daishi, le leggende sono innumerevoli.

Una riguarda un boschetto di castagni, che fruttificano prima del solito. Si dice che un prete itinerante una volta promise ai bambini che non erano in grado di arrampicarsi sugli alberi che crescevano lì al tempo dei castagni, che l'anno successivo avrebbero potuto raccogliere noci. Da quel momento in poi, gli alberi della zona diedero frutti prima di raggiungere la loro piena altezza, e si pensa che il sacerdote del racconto sia Kobo Daishi.

C'è una statua di Jizo, il guardiano buddista delle anime dei bambini morti, anche se si prende cura degli altri, vicino al lago Hakone, scolpita nella lava basaltica grigia locale. Si ritiene che l'immagine abbia più di mille anni e si presume che Kobo Daishi l'abbia scolpita in una sola notte. Ebbe anche incontri con creature dell'altro mondo. Si dice che sia stato costretto a sopportare le visite degli spiriti maligni durante la sua formazione per il sacerdozio. Successivamente, draghi e mostri marini lo disturbarono mentre era in meditazione. Riuscì a ricacciarli nelle loro acque recitando parole mistiche e anche sputandogli contro. Non fu la saliva comune ad aiutarlo a liberarsi della loro presenza: la luce della Stella della Sera era entrata magicamente nella sua bocca e lo sputo era il raggio che emetteva in direzione delle creature. Costruì un tempio per commemorare la cessazione di queste visite da parte degli esseri del mare, ma anche così fu infestato da altri spiriti maligni.
Infine racchiuse il nuovo tempio con segni sacri e l'edificio non fu più turbato dai tormentatori del mondo degli spiriti.
Era conosciuto come scultore e viaggiatore e, naturalmente, anche come predicatore e operatore di miracoli.
Fu anche un pittore, e gli viene attribuita la calligrafia conosciuta come *Hiragana.*
Egli nacque a Shikoku con le mani giunte in preghiera.
Una volpe cercò di ingannarlo sulla sua isola natale mentre predicò lì e fu per questo che si narra che abbia cacciato tutte le volpi da Shikoku.
Si dice ancora che nei luoghi in Giappone dove non ci sono zanzare, Kobo Daishi le abbia bandite in perenne gratitudine per l'ospitalità ricevuta lì.
Kobo Daishi viaggiò continuamente, spesso travestito da mendicante errante, e l'ospitalità deve aver giocato un ruolo importante nella sua vita. In numerose occasioni si dice che abbia premiato i generosi e punito gli avidi.
Si dice che abbia ripagato una vecchia che gli donò acqua, sebbene ne avesse poca, battendo a terra il suo bastone e creando una fontana vicino a casa sua.

Questo è solo un esempio dei suoi miracoli.
In un altro dei suoi viaggi un abitante del villaggio si rifiutò di dargli da mangiare patate, con la scusa che sarebbero state troppo difficili da offrire a un ospite. Kobo Daishi rispose che se è veramente così allora dovrebbe essere così per sempre. Il raccolto di patate dell'uomo da quel momento in poi fu immangiabile poiché le stesse non si sarebbero ammorbidite una volta bollite. Secondo un'altra leggenda, una volta lavò i suoi vestiti in un fiume. Come spesso accadde, era vestito da mendicante viaggiatore e gli abitanti del villaggio non lo riconobbero come il predicatore che era. Lo schernirono, presumibilmente per aver inquinato il loro fiume. Lasciò quel villaggio e andò in un altro fiume vicino dove si lavò i vestiti e non ricevette critiche locali.
Il primo fiume si prosciuga ancora d'estate e l'altro scorre tutto l'anno. Si ritiene inoltre che in quest'ultimo fiume non si siano verificati decessi per annegamento. Tutto questo fu attribuito ai poteri miracolosi di Kobo Daishi.
Kobo Daishi visse fino all'età di 60 anni, ma dopo la sua morte si afferma che in realtà entrò nella tomba per aspettare la venuta di Miroku, il Messia buddista - e che sta ancora aspettando lì al monastero da lui fondato a Koya-san, vicino a Nara.

3.2.7 Nichiren

Statua di Nichiren del Tempio Ikegami Honmonji

Immagine di Etrepum e fonte: https://www.flickr.com/photos/etrepum/

Nichiren visse nel tredicesimo secolo e originariamente appartenette alla setta buddista Shingon di Kobo Daishi prima di fondarne una propria, che porta il suo nome (il famoso buddismo nichiren molto diffuso oggi in Giappone nonché in Italia grazie alla scuola *Soka Gakkai*). Infatti, all'età di 12 anni divenne un accolito e si unì al sacerdozio quando fu ancora un ragazzo. Ma la sua santità sembra essere arrivata anche prima, perché sua madre rimase incinta a causa del sogno del sole che splendeva su un fiore di loto. Nichiren significa Loto del Sole. L'anno della sua nascita fu il 1222. Uno dei miracoli di Nichiren è simile a quello di En No Shokaku, perché quando fu condannato a morte dall'Hojo Tokimune, la spada del boia non poté decapitarlo. Lo stesso Tokimune fu avvertito in sogno delle terribili conseguenze dell'uccisione di questo sant'uomo e non perseguì la condanna a morte, sebbene Nichiren fu bandito sull'isola di Sado per tre anni. Alla fine di quel periodo, nel 1274, gli fu permesso di recarsi a Kamakura, sede del governo. Ma poco dopo andò a vivere in una capanna nella zona montuosa di Minobu. Uno dei suoi discepoli diede a lui e a tutti i membri della setta la sua terra in quel distretto per sempre, e man mano che il suo gregge crebbe, Nichiren costruì un santuario che in seguito divenne il monastero di Minobu. Dopo la sua morte, le sue ceneri furono portate a Minobu.

3.2.8 Le immagini nella mitologia giapponese

Immagini di molti tipi sono prominenti nella mitologia giapponese, in particolare quelle che simboleggiano varie credenze buddiste.

Ci sono storie di immagini che prendono la forma dei loro seguaci per salvarli dalla morte o dal disastro.

Si dice che la statua di Kwannon, la dea della Misericordia, in un villaggio abbia salvato la vita a una giovane donna del posto. Questa donna era solita adorare *Kwannon* con regolarità ogni sera. Suo marito era geloso del pellegrinaggio notturno, perché non apprezzava che lei lasciasse la loro casa per andare al santuario e cominciò, col passare del tempo, a immaginare un incarico molto diverso. Una sera si nascose sulla strada vicino a casa loro e quando sua moglie tornò, la colpì selvaggiamente con la spada. Al suo ritorno a casa fu molto sorpreso di trovarla ad aspettarlo. Gli disse che si era infreddolita mentre tornava a casa, ma in nessun altro modo fece riferimento all'aggressione contro di lei. Il marito passò una notte inquieta, chiedendosi chi fosse stata la sua vittima, e la mattina dopo si recò nel luogo dove aveva aspettato la sera prima. Trovò macchie di sangue che portavano dal ciglio della strada al santuario, e sulla spalla del Kwannon vide un taglio profondo, proprio nel punto in cui aveva creduto di aver ferito sua moglie. Si dice che quest'uomo irascibile abbia confessato la sua azione. Le sue continue suppliche alla dea della Misericordia suggeriscono che non avrebbe mai potuto essere un marito gentile.

Una delle immagini di Jizo, la divinità protettrice di viaggiatori, donne incinte e bambini, porta una cicatrice sul volto, presumibilmente a causa di una ferita ricevuta quando assunse la forma di un ragazzo che stava per essere aggredito. Nell'altro mondo si crede che una creatura come una strega derubi i bambini dei loro vestiti e li induca ad ammucchiare pietre all'infinito sulle rive dello Stige buddista. Le immagini di Jizo hanno spesso ciottoli ammucchiati intorno a loro, nel tentativo di alleviare le fatiche di questi sfortunati bambini.

La fuga di Nichiren dalla decapitazione avvenne vicino a Kamakura, e in quella città, tra un gran numero di templi e mausolei compreso quello di Yoritomo, il primo shogun che ne fece la sua capitale, si trovano il tempio di Hachiman, il tempio di Kwannon e l'enorme Buddha in bronzo noto come ***Daibutsu***. Si racconta che quando Yoshitsune fuggì a nord per sfuggire al fratellastro maggiore Yoritomo, la sua amante fu portata a Kamakura per essere interrogata sul luogo in cui si trovava il suo amante e fu costretta a ballare al tempio di Hachiman per l'intrattenimento di Yoritomo. Si pensa che l'immagine della dea della Misericordia nel santuario di Kamakura sia stata creata nel 736 e fu scolpita dalla metà di un albero di canfora.
Si dice che quando fu realizzata la statua di Kamakura, fu gettata in mare con la preghiera che il mondo sarebbe stato redento dal peccato nel luogo in cui galleggiava a riva. Questo posto si trova su una delle spiagge di Kamakura dove si dice che Yoritomo abbia praticato il tiro con l'arco secoli dopo. Fu vicino al Tempio di Kwannon che Yoshisada nel 1333 lanciò la sua spada in mare, un incidente descritto in un capitolo successivo, e sembrerebbe che il tempio fosse già lì in quel momento.

3.2.9 Il Daibutsu

Daibutsu di Tōdai-ji, Nara

Dei luoghi santi di Kamakura, quello raffigurato più frequentemente è il *Daibutsu*: le sue fotografie compaiono ancora oggi nelle pubblicità di viaggio. Ha una circonferenza di 30 metri alla sua base ed è alta circa 15 metri. È fatto di bronzo ed è stato fuso nel 1252: Yoshisada deve averlo sicuramente visto. Originariamente la statua fu ospitata in un edificio in legno, ma questo fu distrutto da una violenta tempesta nel 1369. Il Buddha rimase intatto, come nel 1494, quando un maremoto spazzò via la struttura ricostruita che lo circondava. Da allora, la statua rimase serenamente esposta alle intemperie e sopravvisse alla violenza del mare e del terremoto. Si presume che Yoritomo volesse avere un'enorme immagine di Buddha a Kamakura (la capitale di allora) quando prese parte a una cerimonia di consacrazione di un'immagine di Buddha a Nara. Morì prima che l'artista, Ono Goroemon, finisse il lavoro a Kamakura. I pilastri di legno originali che sostenevano l'edificio intorno alla statua sparirono, ma alcune delle loro basi di pietra rimasero. Il Daibutsu miracolosamente sopravvisse agli anni, proprio come l'immagine del Buddha che fu portata dalla Corea nel 552 sopravvisse per due volte nel fiume. Le tempeste del 1369 e del 1494 furono eventi storici, ma c'è una storia leggendaria riguardante la conservazione del Daibutsu. Subito dopo che il Daibutsu fu posto a Kamakura, la notizia della sua vastità raggiunse una balena che viveva nel mare a nord. Fu incredula: niente poteva essere più grande di lei. Tuttavia, alla balena giunsero storie, da pescatori e pesci, della fama della statua e dei numerosi pellegrini che la visitarono. L'incredulità della balena si trasformò in curiosità e gelosia, e uno squalo che era amichevole nei confronti della balena si offrì di nuotare a sud e ottenere misurazioni dell'immagine. Questo fu difficile per lo squalo, ma cercando l'assistenza di un topo in procinto di sbarcare da un peschereccio fu in grado di dare alla balena la dimensione esatta della base del Daibutsu. Il topo scorrazzò intorno all'immagine, contando i suoi passi mentre procedeva. Ci vollero cinquemila passi per completare il cerchio. La balena, ricevendo questa informazione, indossò degli stivali magici per poter vedere la statua essa stessa: senza dubbio le sue intenzioni erano maligne. Con questi ausili magici, una volta raggiunta la spiaggia, poté raggiungere a piedi l'edificio in cui era allora ospitato il Buddha, ma a causa delle sue grandi dimensioni non riuscì a raggiungere l'interno e vedere di persona la statua. Tuttavia, un monaco uscì e, con meno sorpresa del normale, chiese alla balena cosa ci fece lì. La balena chiese di conoscere l'altezza della statua. Poi il Daibutsu scese dal piedistallo e fu sorpreso come la balena di incontrare, faccia a faccia, un essere di dimensioni e circonferenza simili. La statua convenne che le sue misurazioni dovessero essere prese dal sacerdote, che usò il suo rosario allo scopo. Il Daibutsu è risultato essere di 5 cm più corto e più sottile della balena. L'orgoglio della balena fu soddisfatto, l'immagine agì pacificamente e il monaco fu soddisfatto dell'intera esperienza. La balena tornò alla sua casa nel nord e il Daibutsu tornò alla sua posizione seduta di calma benigna, dove è rimasto fino ad oggi. Si dice che le immagini del Buddha gemano se vengono rubate: a parte la conversazione con la balena, il Daibutsu è sempre stato muto. F. Hadfield Davis avanza la teoria secondo cui la leggenda è nata dal fatto che il gigantesco Buddha non è in linea con le solite forme d'arte in Giappone: i lavoratori del metallo, gli intagliatori di legno e di avorio e gli artisti della lacca sono maestri della miniatura.

3.2.10 I sette dei della fortuna

I sette dei della fortuna o della buona fortuna sono molto popolari tra i giapponesi.

Jurojin

Jurojin è il dio della longevità. Viene sempre mostrato in compagnia di una gru, una tartaruga o un cervo, ognuno dei quali rappresenta una vecchiaia felice. Ha la barba bianca e generalmente porta uno *shaku*, un bastone sacro o un bastone a cui è fissato un rotolo contenente la saggezza del mondo. Anche Jurojin ama il sake, ma con moderazione. Non è mai un ubriacone.

Hotei è buddista. La sua caratteristica distintiva è un enorme stomaco, sotto il quale le sue vesti si abbassano. Questo non simboleggia l'avidità. Al contrario, è un simbolo di felicità e buona natura e si ritiene che l'addome sporgente sia il simbolo della grande anima di Hotei. Ha risorse interiori, tipiche di chi ha acquisito con successo la serenità attraverso la saggezza buddista.

Daikoku è il dio della ricchezza. È anche il guardiano dei contadini ed è un dio bonario e allegro. Porta una mazza che può esaudire i desideri dei mortali e si siede su un paio di balle di riso, con il suo tesoro non vegetale gettato sulla schiena in un sacco. A volte i topi vengono mostrati mentre mangiano riso dal fondo delle sue balle: il buon umore e la ricchezza di *Daikoku* sono tali che a lui non importa affatto.

Bishamon è talvolta considerato il dio della ricchezza, ma questo è il buddismo cinese. I giapponesi lo hanno incluso nel gruppo degli dei della fortuna e viene sempre mostrato vestito con un'armatura completa, con in mano una lancia. Ma non è *Hachiman*, perché nell'altra mano porta, nel tipico modo buddista, una pagoda in miniatura. Questi due oggetti mostrano che intende combinare lo zelo missionario e gli attributi del guerriero.

Fukurokuju

Fukurokuju (o *Fukurokujin*) ha una testa molto lunga e stretta e la fortuna che lo caratterizza combina longevità e saggezza. Il suo corpo è molto corto e la sua testa è spesso mostrata più lunga delle sue gambe. Non era originario del Giappone, poiché nella sua vita terrena si dice che fosse un filosofo e profeta cinese.

Ebisu, un altro dio della fortuna, è un gran lavoratore. L'esempio che dà è un lavoro onesto. È il patrono dei commercianti e dei pescatori, ma è raffigurato solo l'aspetto della pesca delle sue attività poiché porta una canna da pesca e anche un *tai*, l'orata.

Il Dio Ebisu

Infine c'è ***Benten***, l'unica dea tra i sette dei. Apparirà spesso, perché i miti che la circondano sono molti. È associata al mare e molti dei suoi santuari sono in riva al mare o sulle isole. Questa associazione è spesso mostrata nelle sue immagini e statue, quando cavalca o è accompagnata da un serpente marino o da un drago. Rappresenta anche le arti e il comportamento femminile. Si pensa che il suo strumento musicale preferito sia il *biwa*, uno strumento a corde simile alla forma di un mandolino.

CAPITOLO 4. YOKAI

4.1 *I TENGU*

Un tengu

I *tengu* sono tra le più strane creature mitologiche giapponesi e anche tra le più antiche. Alcuni dicono che discendono da Susano, il fratello di Amaterasu. Sono divinità minori, rispettate e temute come tali, e l'antica credenza in esse persiste ancora. Abitano alberi nelle zone montuose, generalmente sembrano essere associati a pini e criptomerie, e vivono in colonie con un tengu principale (o re) in carica, servito da un messaggero. In apparenza sono in parte uccelli e in parte uomini, alati con lunghi becchi o nasi. A volte i tengu sono di colore rosso e spesso indossano mantelli e piccoli cappelli neri. Sono bravi spadaccini e hanno un carattere malizioso. A volte sono raffigurati mentre indossano mantelli di piume e talvolta di foglie.
Amano giocare brutti scherzi, ma non apprezzano essere presi in giro.

Un giovane, che disprezzava la fede nel soprannaturale, si travestì da tengu e si arrampicò su un albero, dove gli abitanti del villaggio lo videro e lo venerarono. Ma morì e tutti pensarono che questa fosse la vendetta del tengu che aveva impersonato.
In un'altra storia, un ragazzo stuzzicò un tengu fingendo di poter vedere le meraviglie dei cieli guardando attraverso un pezzo cavo di bambù. Il tengu, travolto dalla curiosità, scambiò il suo mantello di paglia dell'invisibilità con il bastone del ragazzo. Il ragazzo giocò molti brutti scherzi alla sua famiglia e ai suoi amici indossando questo mantello, ma il tengu che fu ingannato pretese la sua vendetta e il ragazzo cadde in un fiume ghiacciato, perse il mantello magico e visse per apprezzare il pericolo di deridere il tengu.

4.2 GLI *ONI*

Una statua di un Oni con una mazza ferrata

Gli Oni compaiono spesso nelle vecchie leggende. Sono diavoli, spesso di dimensioni gigantesche. Possono essere di colore rosa, rosso, blu o grigio. Generalmente hanno le corna e occasionalmente tre occhi. Tre dita dei piedi e tre dita delle mani sono altre caratteristiche distintive dell'oni. Possono volare, ma raramente sembrano usare questa capacità. Sebbene occasionalmente siano creature comiche, di solito sono crudeli e maliziosi. Non sono esseri molto intelligenti. Si ritiene che abbiano avuto origine in Cina e siano venuti in Giappone con la fede buddista. Spesso, come in occasione dell'incontro di Issun Boshi con un paio di loro, portano una mazza e non è raro che siano raffigurati con una verga chiodata di ferro e con indosso un panno di pelle di tigre.
Sia Momotaro che Yoshitsune con Benkei hanno salvato giovani donne dall'essere prigioniere degli oni.

C'è una storia che esemplifica bene la loro gioia per la donna umana e la loro mancanza di intelligenza. Una sposa stava viaggiando verso il villaggio del suo futuro marito quando una nuvola scese sul veicolo e lo nascose alla vista. La madre della sposa iniziò subito la ricerca della figlia. Dopo un viaggio solitario e infruttuoso, si imbatté in un tempietto abitato solo da una sacerdotessa, che le fornì ricovero per la notte. La madre apprese da questa hostess che sua figlia era prigioniera di un gruppo di oni in un castello sull'altra sponda del fiume. Il ponte era sorvegliato da due cani e per raggiungere la figlia scomparsa avrebbe dovuto attraversarlo mentre i cani dormivano. La mattina seguente la madre della sposa si trovò sola in una pianura aperta: il tempio e la sacerdotessa erano soprannaturali ed erano scomparsi del tutto. Tuttavia, come aveva descritto la sacerdotessa, c'erano un fiume, un ponte e due cani addormentati. La donna attraversò il ponte e trovò sua figlia che camminava nella villa dall'altra parte. Nonostante gli apparenti pericoli della loro situazione, la figlia cucinò a sua madre un pasto, poi la nascose in una cassa di pietra prima del ritorno dei suoi rapitori. Ma il capo oni l'aveva resa sua proprietà speciale e quando tornò a casa sapeva che c'era un altro essere umano, perché aveva nel suo giardino una pianta magica che produceva un fiore ogni volta che un mortale si avventurava nel territorio oni. La ragazza ebbe l'ispirazione di dire che aveva appena scoperto di essere rimasta incinta, il che deve spiegare il secondo fiore della pianta. La spiegazione deliziò così tanto l'oni che raccolse i suoi servitori intorno a lui e banchettarono finché non si ubriacarono. Alla fine l'oni che rivendicava la giovane donna come sua, chiese che lo mettesse a letto. Dormì in una cassa di legno dove la ragazza lo rinchiuse. Durante le baldorie, i cani da guardia furono uccisi e così madre e figlia non ebbero ostacoli alla loro fuga. Si recarono nell'edificio dove erano tenuti vari veicoli e mentre si chiedevano quale scegliere, la sacerdotessa che diede rifugio alla madre apparve all'improvviso e consigliò loro di prendere una barca e navigare lungo il fiume. L'oni nel suo baule di legno si svegliò con una sete indotta dal suo eccesso di sakè, ruppe i sette coperchi e chiese alla ragazza di portargli dell'acqua. Poi svegliò i suoi servitori dal loro sonno e insieme barcollarono verso il fiume, solo per vedere i due umani che stavano salpando. Il gruppo di oni si gettò sulla riva del fiume e cominciò a dissetarsi. Mentre bevevano, il livello del fiume si abbassò e l'imbarcazione in fuga fu trascinata indietro verso di loro. Di nuovo apparve la sacerdotessa e venne loro in soccorso. Esortò la madre e la figlia ad aprire i loro kimono e ad esporsi agli oni. Poiché non c'erano altri metodi per scappare, lo fecero così come la sacerdotessa. Lo spettacolo eccitò gli oni: risero e sghignazzarono di gioia, al punto da tossire l'acqua che avevano bevuto. Fu così che il fiume si riempì di nuovo e la piccola imbarcazione fluttuò via verso la salvezza. Prima di scomparire per l'ultima volta, la sacerdotessa disse alla madre riconoscente e alla figlia che in realtà era una statua di pietra e in cambio dei suoi servizi avrebbe voluto che ogni anno le fosse posta accanto un'altra statua. Si può capire che deve essere solitario essere una statua. In qualche modo le due donne trovarono la sacerdotessa nella sua forma di pietra e da quel momento in poi le fecero mettere accanto compagni simili una volta all'anno. Non si sa se la figlia abbia mai sposato il suo sposo umano.

In un'altra storia il cattivo è una donna oni. Un giovane monaco in formazione chiese al suo maestro il permesso di andare nei boschi a raccogliere noci, ma all'inizio non gli fu permesso di andare perché era a conoscenza che le donne oni erano nelle vicinanze. Tuttavia, alla fine il monaco cedette alle ripetute richieste del giovane, dicendo che doveva portare con sé tre portafortuna che lo avrebbero aiutato se fosse caduto nelle mani di uno di loro.
Il giovane raccolse alcune noci prima di essere catturato da una vecchia oni e costretto a passare la notte a casa sua. La mattina seguente pensò a un mezzo per scappare. Disse all'oni che aveva un dolore e che doveva alleviarlo. L'oni non voleva perderlo di vista e fornì vari suggerimenti su dove avrebbe potuto svolgere questa funzione, ma insistette per andare nel posto giusto. Alla fine gli legò una corda intorno e lo lasciò andare, mantenendo una presa salda sul pezzo di corda. Rimasto solo, il giovane si liberò e legò il cordone a una trave, chiedendo nel contempo a uno dei portafortuna di rispondere per lui quando l'oni l'avrebbe chiamato. Scese dalla finestra, lasciandosi dietro l'incantesimo. L'oni fece scattare la corda, ma questa rimase saldamente legata alla trave e l'incantesimo, disteso sul pavimento dove l'aveva lasciato il giovane, disse con la voce del giovane che non era ancora pronto per uscire. Tuttavia, a tempo debito, l'oni si rese conto che era scappato e andò a cercarlo. Lei, essendo un oni, era in grado di viaggiare molto più velocemente del suo prigioniero e presto lo raggiunse. Gettò a terra il secondo dei suoi incantesimi, implorandolo di

creare un grande cumulo di sabbia. Il tumulo apparve immediatamente e l'oni ebbe difficoltà a scavalcarlo, dando all'uomo il tempo di coprire una distanza considerevole. Ma lei lo raggiunse di nuovo. Disperato, gettò il suo ultimo incantesimo sulle spalle, supplicandolo di far scorrere un fiume ampio e veloce tra lui e il suo inseguitore. Ancora una volta la sua richiesta fu accolta e la donna oni fu spazzata via dal torrente.
Il racconto non finisce qui.
Alla fine il giovane raggiunse il tempio e il monaco ebbe pietà di lui. Decise di salvarlo, perché entrambi sapevano che l'oni sarebbe stata implacabile nella sua ricerca dell'uomo che per tre volte era riuscito a sfuggirle. Il monaco nascose il giovane in una grande scatola che poi sollevò fino al soffitto. L'oni arrivò e chiese la sua vittima. Le smentite furono vane e dopo una lunga discussione il monaco disse che avrebbe aperto la scatola se lei avesse fatto esattamente come le aveva chiesto. A questo lei acconsentì. Le ordinò di diventare alta, ma quando fu quasi in grado di raggiungere la scatola, annullò il suo ordine e le disse di diventare bassa. La lasciò diventare sempre più piccola finché non ebbe le dimensioni di un fagiolo. Poi la prese velocemente, l'avvolse in un pezzo di alga secca e la mangiò. Solo allora abbassò la scatola e fece uscire il suo allievo. Dopo un po' il monaco dovette defecare. Con suo notevole disagio, il monaco passò davanti a uno sciame di mosche. Gli oni erano stati trasformati in questi insetti e lei non riuscì mai a riprendere il suo vecchio aspetto.

4.3 I *KAPPA*

Un Kappa nella rappresentazione di Hokusai

Il *kappa* è una creatura di più intelligenza dell'oni e non è del tutto malevolo, in quanto può essere placato dall'uomo ed è noto per impartire certe abilità, in particolare la regolazione delle ossa, agli umani.
Alcuni credono che il kappa sia di origine Ainu, altri che discenda dalla scimmia messaggera del dio del fiume. I kappa assomigliano alle scimmie, ma non hanno il pelo. A volte hanno squame di pesce o guscio di tartaruga al posto della pelle. Hanno all'incirca le stesse dimensioni di un bambino di dieci anni, sono di colore giallo-verde e con una rientranza sulla sommità della testa, che è la loro principale caratteristica distintiva. Se venisse versata dell'acqua in questa cavità, i kappa perderebbero subito i loro poteri.
Vivono in fiumi, stagni o laghi e sono vampiri, che si nutrono delle loro prede attraverso l'ano. Il sangue di cavalli e bovini li soddisfa così come il sangue umano.
Si pensava che un corpo con un ano dilatato trovato dopo la morte per annegamento fosse vittima di un kappa, come del resto un bambino o un adulto annegato il cui corpo non è stato recuperato. Si narra anche che i kappa siano in grado di violentare le donne, una caratteristica che condividono con gli oni. A parte il sangue, amano i cetrioli e un modo per placarli è lanciare cetrioli con i nomi e l'età della famiglia nell'acqua dove vivono i kappa. In questo modo non attireranno queste persone nelle loro grinfie.
Un'altra caratteristica del kappa è la sua capacità di mantenere una promessa, e ci sono molte storie in cui viene concluso un patto tra l'uomo e il kappa, a vantaggio dell'uomo. Nonostante le loro molte abitudini sgradevoli, sono stranamente educati, spesso a loro rovina, perché

inchinandosi davanti a una vittima designata l'acqua può essere versata dalle loro teste e la loro forza dispersa. La storia del kappa e del prestito di ciotole che ti mostrerò più tardi è un esempio dell'affidabilità e della cortesia di un kappa. Uno dei fatti ricorrenti sugli incontri con i kappa è che se un essere umano è sfidato a un combattimento singolo con uno di loro, è essenziale accettare e sperare che il kappa non manterrà la testa eretta durante l'incontro.

L'umano può quindi estrarre una promessa da esso mentre è in uno stato indebolito.

Ci fu un kappa che si trasformò in un bambino e chiese a coloro che passavano vicino allo stagno dove viveva di giocare con lui con le dita. Le sue vittime furono poi trascinate in acqua e mai più viste. Un uomo a cavallo riuscì a sconfiggere questo kappa. Incrociò le dita con la creatura, ma poi spinse il suo destriero al galoppo. L'acqua fu versata dalla testa del kappa e gridò pietà, promettendo di insegnare all'uomo come sistemare le ossa in cambio della sua libertà. L'uomo lasciò la presa sul suo prigioniero e in seguito apprese tutto ciò che il kappa ebbe da insegnargli. Quando finalmente lasciò andare il kappa, estrapolò un'altra promessa secondo cui sarebbe tornato a casa altrove e non avrebbe più molestato gli esseri umani. Anche questa promessa fu onorata.

Si sostiene che tra i discendenti dell'uomo ci fosse almeno un esperto chirurgo osseo. La conoscenza kappa si tramandò di generazione in generazione.

In un'altra storia kappa una delle creature uscì da un fiume e attaccò una mucca legata mettendogli una mano nel retto. Nella sua lotta per sfuggire, la mucca avvolse la sua corda attorno al braccio del kappa e alla fine la creatura tornò in acqua, lasciandosi dietro il braccio, spezzato all'altezza della spalla. L'allevatore che possedeva la mucca trovò il braccio quando venne a prendere il suo animale la sera e lo portò a casa con sé. Più tardi quella notte il kappa tornò alla fattoria, implorando il ritorno del suo arto, dicendo che sarebbe stato in grado di fissarlo sul suo corpo se gli fosse stato restituito entro tre giorni. L'uomo restituì il braccio, ma non senza aver prima ottenuto la promessa che nessun animale, bambino o adulto del villaggio sarebbe stato molestato di nuovo. Il fiume dove accadde questo episodio sfocia nel mare su una spiaggia sabbiosa e la parola del kappa fu onorata nella misura in cui una voce soprannaturale si sentiva sulla riva nelle occasioni in cui i bambini giocavano lì. La voce avvertiva se c'era un ospite sgradito sulla spiaggia, sotto forma di un altro kappa non trattenuto dall'attaccare gli umani a portata di mano. In questo modo sia la riva del mare che quella del fiume nelle vicinanze furono al riparo dagli assalti dei kappa.

4.4 LA DONNA DELLE NEVI (YUKI-ONNA)

Yuki-onna (ゆき女) dal libro* Hyakkai-Zukan *di Sawaki Suushi

A volte si crede che gli spiriti di montagna femminili - *Yama-uba* - siano creature orribili. Ma questa non è la regola generale come si vedrà nel caso della madre di Kintaro la cui storia verrà raccontata in seguito.

Un altro spirito femminile capace di provocare grande paura è quello descritto da Lafcadio Hearn: ***Yuki-onna***, la donna delle nevi. È uno spirito bianco spettrale e la sua abitudine è quella di apparire nelle tempeste di neve e far addormentare gli uomini e ucciderli. È giovane e ha un corpo molto bello e un'indole apparentemente gentile. Hearn raccontò di due uomini, uno molto più giovane dell'altro, che si rifugiarono in una capanna di montagna durante una bufera di neve. Durante la notte Yuki-onna entrò e fece addormentare l'uomo più anziano e poi tornò dal più giovane. Gli disse che lo avrebbe risparmiato se avesse promesso di non menzionare mai la sua visita a nessuno. Il vecchio morì al mattino e il suo compagno, impaurito, lasciò presumere che fosse morto congelato, vittima di elementi naturali piuttosto che di un essere soprannaturale.

Col tempo incontrò e sposò una giovane donna graziosa di nome Yuki. Questo nome significa neve, ma è normale e non aveva connotazioni sinistre per lo sposo. Yuki dimostrò di essere una moglie amorevole e una buona madre, oltre ad essere una nuora rispettosa. Dopo alcuni anni di matrimonio il marito disse una sera a Yuki che, seduta com'era con una luce bianca sul viso, gli aveva ricordato un episodio della sua giovinezza. Le parlò poi della visita di Yuki-onna alla capanna e della morte del suo compagno. L'aspetto e il colore naturale di Yuki cambiarono e si rivelò la donna delle nevi. Con rabbia silenziosa ricordò al marito la promessa di non ripetere mai la storia e gli disse che se non fosse stato per i loro figli lo avrebbe ucciso all'istante. Invece si sciolse, per non riapparire mai più alla sua famiglia mortale.

4.5 STORIE DI SPIRITI E MOSTRI

1. Il calvario di Hoichi

La famosa storia di Hoichi riguarda un sogno. O forse non era tutto un sogno. Hoichi è descritto come un monaco e anche un povero abile con il *biwa*, lo strumento preferito di Benten. Era noto per essere un cieco musicista, e viveva al Tempio Amidaji a Shimonoseki, all'estremità sud-occidentale di Honshu.

Questo tempio fu costruito per placare gli spiriti del clan Taira che morirono nella battaglia di Dannoura nello Stretto di Shimonoseki che separava Honshu da Kjiishu. Questi spiriti apparivano sotto forma di luci in movimento sul mare e lungo le coste.

Il musicista cieco di *biwa* era particolarmente dotato nella sua interpretazione accompagnata dell'Heike Monogatari, la tragica storia del clan Taira e la loro sconfitta finale che comportò la morte del neonato imperatore Antoku.

Una notte il capo sacerdote del tempio era fuori e mentre Hoichi sedeva sulla veranda sentì dei passi avvicinarsi. Il rumore indicava che il proprietario era vestito con un'armatura. Il visitatore si rivolse a Hoichi per nome e disse che era al servizio di un *daimyo* che, scortato da molti servitori, stava visitando la zona, in particolare la scena della battaglia di Dannoura. Ovviamente, il visitatore del tempio era un samurai, che indossava un completo da battaglia. Il samurai disse che gli era stato comandato di portare Hoichi nel luogo in cui la compagnia era riunita in modo che potessero ascoltare la sua interpretazione dell'Heike Monogatari. Molto lusingato da questa richiesta, Hoichi si lasciò condurre lontano dal tempio. Non fu in grado di accertare dove fosse portato e la sua guida rimase in silenzio, ma passando per un grande cancello Hoichi fu accolto da una donna che lo condusse in un posto e lo invitò a iniziare la sua recitazione. Hoichi era consapevole di trovarsi in una stanza grande e affollata con un pubblico che apprezzava pienamente la sua performance. Il samurai in armatura lo riportò al tempio dopo che la donna lo aveva informato che il *daimyo* aveva espresso il desiderio di sentire Hoichi ripetere l'esibizione ogni sera durante la sua settimana di permanenza a Shimonoseki, a condizione che il cieco non ne parlasse a nessuno, poiché non desiderava che il suo tour della zona fosse conosciuto a livello locale. La stessa sequenza di eventi seguì la notte successiva, con l'eccezione che uno degli accoliti nel tempio notò l'assenza di Hoichi. La mattina, il monaco incaricato chiese a Hoichi dove fosse stato. Il cieco, ricordando la richiesta della donna, fornì una risposta evasiva. Temendo per la sicurezza dell'uomo cieco, il monaco chiese di essere informato immediatamente se Hoichi fosse stato visto fuori dal tempio. Ovviamente quella terza notte la sua stanza era vuota e una perquisizione nel quartiere fu subito avviata con una certa urgenza, perché era una notte tempestosa e pioveva forte. Hoichi fu trovato, seduto sulla pietra commemorativa dell'Imperatore Antoku, nel cimitero del tempio, circondato da luci spettrali, mentre suonava il suo *biwa* e recitava, ignaro di ciò che lo circondava e della pioggia. Era infuriato per essere stato interrotto, protestando che anche la grande compagnia per la quale si esibiva doveva essere indignata. Dopo una lotta, Hoichi fu riportato al tempio, si calmò e fu portato a letto. Gli fu spiegato dove fu trovato. Indubbiamente, era la vittima umana degli spiriti Taira. *La voce della donna sconosciuta era lo spirito della madre o della nonna dell'imperatore bambino morto? O era stato solo un sogno che aveva indotto Hoichi a camminare nel sonno per tre notti consecutive?* Al fine di proteggere Hoichi da ulteriori manifestazioni, il sacerdote istruì i suoi accoliti a coprire il corpo di Hoichi con testi buddisti protettivi, anche sulle piante dei suoi piedi e sui palmi delle mani. A lui stesso fu detto di sedersi sulla veranda e di stare fermo e silenzioso se gli si avvicinasse, come in profonda meditazione: solo così poteva sfuggire al male. Quella notte udì i passi del samurai, l'ormai familiare rumore dell'armatura e poi la voce che chiamava il suo nome. Hoichi non si mosse e non rispose. Poi sentì la voce, sollevata dal risentimento, lamentarsi che solo le orecchie di Hoichi e il suo *biwa* erano visibili. Il samurai continuò dicendo che doveva riportare queste orecchie al suo padrone per dimostrare che aveva tentato di obbedire ai suoi ordini. Hoichi fu quindi silenziosamente sottoposto alla tortura di vedersi strappare le orecchie dalla testa, e fu in uno stato di incoscienza quando il capo sacerdote e gli assistenti del tempio lo trovarono. Si scoprì che gli accoliti avevano tagliato le sue orecchie durante l'esecuzione delle loro istruzioni con i testi. Hoichi si riprese dallo shock e dalle ferite e da quel momento in poi portò il nome di "*Hoichi il Senza Orecchio*".

Gli inquieti fantasmi dei Taira possono anche essere visti nel mare.

C'è anche una storia di come una moltitudine di fantasmi di Taira circondarono una nave su cui viaggiavano Yoshitsune e Benkei, qualche tempo dopo la vittoria di Minamoto. Benkei disperse la folla recitando preghiere buddiste e tenendo in mano un rosario. Lafcadio Hearn, che scrisse così tanto sul soprannaturale in Giappone, racconta di altri fantasmi degli annegati, non necessariamente quelli di Taira, che invocano un secchio dalle navi di passaggio. È pericoloso rifiutare tali richieste, ma è essenziale rimuovere il fondo del secchio prima di darlo allo spirito. Altrimenti, il fantasma riempirà d'acqua il secchio e affonderà la nave. Hearn non dice quale penalità il fantasma esigerà dai viaggiatori umani se non viene consegnato loro alcun secchio.

2. Il tesoro sepolto

Molte storie giapponesi riguardano il legame tra i sogni e il soprannaturale. Un paio di venditori ambulanti mentre riposavano insieme su una spiaggia parlarono un po', finché uno si addormentò. Mentre il suo compagno dormiva, l'altro vide una mosca uscire dal naso dell'uomo addormentato volare in direzione dell'isola di Sado e, qualche tempo dopo, tornare e strisciare nella narice del dormiente, che a quel punto si svegliò. Non si fece menzione della mosca, ma l'uomo che aveva dormito raccontò al suo amico di aver sognato una mosca che lo aveva informato di un tesoro sepolto sotto una camelia bianca su Sado, nel giardino di un uomo ricco. Il sognatore prese i soldi per la vendita o per il racconto di questo sogno, e quando si separarono, l'altro venditore ambulante andò a Sado. Sapeva che il sognatore non avrebbe fatto lo stesso perché, accettando denaro, aveva perso la proprietà del sogno. Il venditore ambulante ottenne un impiego nell'orto dell'isola da un uomo ricco, ma quella primavera le camelie affidategli portavano fiori colorati. Tuttavia, non perse la speranza e rimase un altro anno a lavorare per il ricco. La sua fiducia e pazienza e il suo desiderio di ricchezza furono ricompensati. La primavera successiva, uno degli alberi di camelia nel giardino era carico di fiori bianchi, e sotto di esso il venditore ambulante trasformato in giardiniere trovò un vaso contenente molto oro. Rimase al lavoro del padrone per un po' e infine se ne andò, per godersi i lussi che il suo investimento da sogno gli aveva portato.

3. Una storia di reincarnazione

Lafcadio Hearn racconta una storia di reincarnazione riguardo una ragazza di nome O-Tei. Era promessa sposa di un giovane di 19 anni: lei ne aveva solo 15. La coppia era sinceramente affezionata l'una all'altra, nonostante il loro fidanzamento fosse stato organizzato dalle loro famiglie tramite intermediari nel vecchio modo approvato. O-Tei si ammalò e fu chiaro a lei e al suo fidanzato che non aveva molto da vivere. La sera prima della sua morte disse che sarebbe tornata da lui con un corpo più forte. Lui promise di aspettarla, ma lei non poté dirgli come avrebbe potuto riconoscerla quando lei fosse tornata con lui. Dopo la sua morte le scrisse la promessa di sposarla se mai fosse tornata da lui, sigillò il biglietto e lo mise sulla sua lapide.

Passarono alcuni anni e, a tempo debito, si risposò, su istigazione della sua famiglia, ed ebbe un figlio. I suoi genitori morirono e la loro morte fu presto seguita da quella della moglie e del figlio. Il vedovo relativamente giovane partì per un viaggio nel tentativo di trovare consolazione nel suo quadruplo dolore, e mentre si trovò in una locanda in un villaggio fino a quel momento sconosciuto, fu servito da una ragazza molto somigliante ad O-Tei.

Nonostante fosse stato affezionato a sua moglie, era sempre stato fedele al ricordo del suo primo amore, e la vecchia passione si riaccese alla vista della ragazza nella locanda. Le chiese il nome e disse che gli ricordava qualcuno che aveva conosciuto e amato anni prima. Gli disse che si chiamava O-Tei e poi, con la voce che conosceva così bene, disse che sapeva della promessa scritta che aveva fatto di sposarla se fosse tornata da lui. Questo voto aveva alleviato il suo spirito, disse. Poi svenne. Ovviamente si sposarono e fu un matrimonio gioioso, ma dopo quella conversazione iniziale nel suo nuovo corpo, O-Tei non ebbe più alcun ricordo né della sua precedente esistenza né del discorso che fecero insieme dopo che lui divenne vedovo.

4. L'amore materno

Un negoziante ebbe, per un breve periodo, un cliente abituale che veniva ogni sera a comprare il *midzu-ame*, uno sciroppo a volte dato ai bambini piccoli quando il latte non è disponibile. La cliente era una giovane donna, che sembrava malata e molto pallida. Non parlava mai, ma si limitava a indicare il *midzu-ame* e gli dava i soldi. Il negoziante si incuriosì del suo abituale acquisto singolo e una notte la seguì, ma quando la vide entrare nel cimitero del villaggio se ne andò. Qualche sera dopo, invece di comprare qualcosa, fece cenno all'uomo di seguirla. Si sentì a disagio alla sua presenza silenziosa, e mentre la inseguiva nel crepuscolo chiamò anche alcuni amici per strada per accompagnarli. Tutti inseguirono la donna nel cimitero, perché era lì che li condusse. Quando raggiunse una tomba, la donna scomparve, ma gli uomini furono più sorpresi dal suono di un bambino che piangeva dall'interno. Accesero le luci e aprirono la tomba. Il cadavere della donna giaceva lì e accanto c'era un bambino di poche settimane. La spiegazione data a questa storia di amore materno è che la donna fu sepolta mentre il suo bambino non ancora nato era vivo. Dopo la nascita del bambino, lo spirito della donna lo nutrì fino al momento in cui avrebbe potuto assicurarsi che sarebbe stato curato dai suoi compagni mortali.

5. Animali che si trasformano in esseri umani

Gli animali possono assumere sembianze umane. La volpe è ben nota per questa capacità, così come il serpente e il tasso.

In una delle storie di volpi un marito scoprì che sua moglie era in realtà una volpe vedendo la sua coda che spuntò da sotto la trapunta quando era a letto. Non aveva intenti malvagi, anzi, aiutò suo marito con il suo campo di riso facendo in modo che il campo fino ad allora non seminato fosse magicamente piantato con piante capovolte. Per questo motivo fu esonerato dalla tassa sul riso, sebbene il riso maturasse lo stesso. Allattò anche devotamente il loro bambino invalido, la cui malattia aveva impedito al marito di occuparsi della sua terra. Nonostante tutta la sua stranezza, fu un buon matrimonio. Si pensa che la moglie della volpe fosse uno dei messaggeri usati da Inari, il dio del riso.

Ci sono molti esempi di tali trasformazioni di creature in forma umana. Questo tipo di storia è molto popolare e mostra molte varianti.

Un motivo che appare frequentemente è quello di un serpente che assume la forma di un corteggiatore. In una di queste storie un bel giovane prestò attenzione a una ragazza che lo trovava attraente. Era di una posizione sociale più alta della sua, ma né lei né nessun membro della sua famiglia scoprirono da dove venisse o anche il suo nome. Lusingata dalle sue frequenti chiamate a casa dei suoi genitori e attratta emotivamente verso di lui, la curiosità della ragazza divenne insopportabile. Su suggerimento della sua infermiera o della cameriera, infilò un ago nel suo indumento durante una delle sue visite a casa. Dopo aver dato un sussulto al suo corteggiatore, la ragazza e la donna più anziana si avviarono insieme, seguendo il filo. Li condusse in profondità nel paese e alla fine scomparve in una grotta appartata. Con loro grande allarme udirono gemiti provenire dall'interno. L'infermiera accese una lampada, che aveva portato con sé, ed entrò. Un enorme serpente si stava contorcendo, gemendo di paura, perché un ago era conficcato in profondità nella sua gola. La ragazza scappò, ma l'infermiera morì di paura immediatamente e il serpente morì poco dopo.

C'è un'altra storia di un serpente che assume sembianze umane, ma con un risultato diverso. Due di queste creature, ancora una volta di grandi dimensioni, furono trovate da un gruppo di cacciatori. Uno fu ucciso ma l'altro scappò. In seguito furono arrecati molti danni alle colture circostanti, apparentemente da un grosso animale predatore. Furono fatti vari tentativi per trovare e uccidere la bestia, ma solo il serpente sopravvissuto fu visto. Riuscì a sfuggire ai suoi cacciatori nonostante fosse stato ferito. Più o meno in questo periodo una paziente visitò il medico locale, una sconosciuta per lui e per la zona. Egli curò una ferita che lei gli disse di essersi procurata mentre tagliava la legna da ardere. Quando la ferita guarì, dopo diverse visite, la donna disse che non poteva pagare alcun compenso, ma invece del pagamento gli diede l'avvertimento di un terremoto che avrebbe presto causato la morte di molti nelle vicinanze. Egli accettò questa forma di remunerazione e lasciò il villaggio per un po', scampando così a un devastante terremoto. Sembra che non avesse condiviso la sua pre-conoscenza del disastro con nessuno. Inutile dire che questo estraneo paziente era il serpente il cui compagno era stato ucciso e la cui morte era stata vendicata prima con danni alla proprietà e poi con danni e morte di gran lunga peggiori. Questa storia è ambientata a Shimbara e dintorni. Si dice che in certi periodi dell'anno si vedano palle di fuoco che si muovono attraverso il mare al largo della costa. Alcuni credono che siano gli spiriti di coloro che hanno perso la vita nel terremoto.

Un'altra leggenda di trasformazione riguarda un gatto ed è ambientata sull'isola di Sado. Una vecchia coppia aveva un gatto nero a cui erano molto attaccati. Erano molto poveri e quando le loro difficoltà sembravano non avere soluzione, il gatto, in cambio dei loro sacrifici nel corso degli anni, si trasformò in una *geisha*, prendendo il nome di Okesa. Raccolse, quindi, i soldi per la coppia anche se a un costo considerevole, perché non le piaceva la nuova vita, che implicava avere rapporti sessuali con i suoi clienti e offrire loro l'intrattenimento più formale di conversazioni, canti e balli, all'ultimo dei quali era particolarmente abile. Uno dei suoi clienti, un barcaiolo, una volta la intravise nella sua forma di gatto, mentre mangiava. Gli fece promettere di non rivelare la sua vera identità. Ma quando portò una barca carica di passeggeri a Hokkaido, non resistì alla tentazione di dire loro che la famosa *geisha* danzante di Sado era in realtà il gatto della vecchia coppia. Si dice che una densa nuvola apparve nel cielo e da essa apparve un grande gatto nero che se lo portò via. I passeggeri riuscirono a fuggire illesi: dopotutto avevano solo ascoltato la storia. Si possono ancora comprare bambole che ballano l'*Okesa*.

Una bambola *geisha*

6. Il fantasma del tempio

Tutti conoscono la strana sensazione che si genera quando un gruppo di persone si diletta a vicenda con storie di fantasmi. Alcuni racconti in Giappone suggeriscono che questa inquietudine a volte aumenta nella misura in cui un gruppo può aspettarsi che accada un male come risultato dei loro ignami.

Un esempio riguarda un novizio del tempio che invitò gli amici a una sessione di narrazione. Tutti accesero candele in un'altra stanza per ogni narrazione da raccontare. Dopo ogni racconto, il narratore doveva uscire da solo e spegnere una candela, a cominciare dal più spaventato dei narratori. Dopo che tutte le candele furono spente e le storie raccontate, tornarono a casa ad eccezione di due ospiti. Uno di loro si svegliò e vide un fantasma allontanare il novizio. Insonne dal terrore, rimase lì tutta la notte e quando spuntò l'alba fuggì da quel luogo. Quando si riprese dallo shock, visitò regolarmente il tempio in cui il suo ospite scomparso fu un novizio e pregò che un ulteriore disastro non colpisse il tempio. Ogni volta che fece questa pia visita incontrò una ragazza sulla via del ritorno. A tempo debito la corteggiò e poi la sposò. Furono marito e moglie per un periodo considerevole quando una sera andò in cucina e la vide soffiare sul fuoco. Il suo viso era quello del fantasma del tempio. Egli ricordò che era l'anniversario della serata di narrazione. Per la paura gridò e ricordò anche che dopo il matrimonio aveva interrotto le sue visite regolari al tempio. Sua moglie alzò la testa. Non ci furono dubbi. Era davvero l'essere ultraterreno che aveva visto prima. Gli si avvicinò, mentre lui era in piedi sul posto, e gli soffiò addosso. La storia si conclude con la sua morte immediata. La morte innaturale, come la morte per violenza o per annegamento, può essere la causa di uno spirito risentito che perseguita i suoi precedenti compagni. Per evitare ciò, si tengono servizi per alleviare l'angoscia dello spirito che ha lasciato il suo corpo senza pace. Si afferma che uno spirito, anche se la morte è naturale, permane nella sua dimora per tutta la vita fino a 33 anni.

7. L’amore tra mortali e spiriti

I racconti di matrimoni tra esseri umani e spiriti sono molteplici, così come quelli con gli spiriti del mondo vegetale. In una di queste storie un uomo ammirava un salice che cresceva nel suo villaggio. Egli impedì che venisse abbattuto per fornire legname per un ponte necessario, presentando al villaggio il legno necessario dalla sua proprietà. Subito dopo incontrò una ragazza sotto questo salice e si innamorò subito di lei. Lei ricambiò i suoi sentimenti e si sposarono, sapendo bene che lei non aveva né genitori né casa. Il loro matrimonio fu idilliaco fino a quando non giunse la notizia che per ordine dell'Imperatore il salice doveva essere abbattuto per ricostruire un tempio. Gli sforzi dell'uomo per salvarlo questa volta non ebbero successo. Mentre veniva abbattuto, sua moglie gli disse che l’albero ospitava il suo spirito. La strinse forte, ma né l'amore fisico né quello spirituale riuscirono a tenerla con sé, e lei morì mentre l'albero si schiantò al suolo.

C'è un'altra storia d'amore tra uno spirito mortale e uno degli alberi. Una coppia di innamorati si incontrò una sera e l'uomo improvvisamente disse alla donna che sapeva che sarebbe morto la mattina seguente. Poi scomparve, lasciandola disorientata. Vide fugacemente l'ombra di un pino contro lo *shoji*, la porta scorrevole di carta della stanza. Fu perplessa perché sapeva che i pini non crescevano nel suo giardino. Il giorno successivo un pino alla periferia del villaggio fu abbattuto per sostituire un ponte che era stato spazzato via da un'alluvione locale. Sentendo ciò, la donna si ricordò della sua visione dell'ombra e andò sul luogo. Scoprì che, nonostante gli sforzi di molte persone, l'albero abbattuto rimase immobile. Istintivamente si rese conto di aver amato quell'albero nella sua forma umana: e quando toccò il tronco e afferrò una delle corde ad esso attaccate, si spostò facilmente. Forse questo era l'unico modo, nella morte, in cui lo spirito dell'albero poteva provare la sua identità.

8. La maledizione sventata

Un racconto descrive un metodo usato per evitare i fantasmi di uno spirito vendicativo, diverso dalle cerimonie religiose riguardanti la sepoltura dei morti o l'onore dello spirito defunto. Un uomo fu condannato a morte per decapitazione. Mentre veniva posto a terra, saldamente in posizione con sacchi pieni di pietra in modo che non potesse muoversi, implorò pietà, dicendo che i crimini di cui era stato condannato erano stati commessi involontariamente. Ammise la stupidità ma non la malizia. Affermò anche che se la sentenza fosse stata eseguita sarebbe diventato uno spirito che avrebbe portato rancore e avrebbe cercato e ottenuto la punizione dai suoi carnefici. Quelli raccolti intorno furono molto allarmati da questo pronostico, ma il samurai in carica rimase calmo. Ottenne dal prigioniero la promessa di dare un segno della sua intenzione di vendicarsi subito dopo la sua morte e l'uomo, rendendosi conto che non sarebbe stata data misericordia, diede la sua parola. Il samurai indicò una pietra di fronte alla vittima e gli disse di provare a morderla dopo la morte come segno che il suo spirito sarebbe stato davvero arrabbiato. L'uomo giurò che l'avrebbe fatto. Il samurai estrasse la spada e con un rapido e singolo colpo staccò la testa dal corpo. La testa rotolò e poi rimbalzò verso la pietra, l'afferrò con i denti e poi si fermò. Gli osservatori inorriditi implorarono il samurai di organizzare immediatamente un servizio per alleviare lo spirito dell'uomo, ma egli spiegò che in questo caso un tale comportamento non sarebbe stato necessario. Affermò che solo gli ultimi pensieri o desideri di una persona morente che poteva diventare uno spirito irrequieto erano pericolosi per coloro che vivono. I pensieri finali di quest'uomo furono interamente diretti al segno della vendetta che avrebbe portato, piuttosto che alla vendetta stessa. Tutte le sue ultime energie viventi erano dirette verso la pietra e il morso verso di essa. Il racconto finisce qui, perché l'uomo non è mai apparso in forma spettrale.

9. L’onestà ripaga

In un'altra storia, due uomini si raccontarono i loro sogni. Uno sognò che la fortuna gli venisse dall'alto e l'altro sognò che gli sarebbe arrivata dalla terra. L'uomo che sognò che la fortuna sarebbe venuta dal cielo trovò un contenitore nel suo campo mentre scavava e in esso c'erano monete d'oro. Tale era la sua onestà che lo lasciò dov'era e andò a raccontarlo al suo compagno sognatore, dicendo che il tesoro apparteneva sicuramente a lui poiché era lui che aveva sognato che la fortuna sarebbe arrivata dalla terra. L'altro uomo andò sul posto, trovò il baule sepolto e lo portò a casa. Ma quando l'aprì, l'oro non c'era: era diventato una massa contorta di serpenti. L'uomo si precipitò furioso a casa del suo amico e vide lui e sua moglie seduti accanto al fuoco, felici. Salì sul tetto e attraverso un'apertura versò il contenuto del contenitore sull'uomo che apparentemente lo aveva informato male. Ma i serpenti ritornarono d'oro e l'uomo che aveva sognato la fortuna dall'alto ricevette una cascata di denaro dal tetto della sua stessa casa.

10. Il samurai egoista

Una tradizionale storia di fantasmi riguarda anche un matrimonio, ma con un esito meno felice. Durante il periodo in cui Kyoto era la capitale del Giappone, un uomo, ritenuto un samurai, perse i suoi mezzi di sussistenza a causa delle disgrazie finanziarie del *daimyo* che serviva. Egli prese impiego in un'altra provincia e, sebbene sua moglie fosse una brava donna, la abbandonò, pensando che sarebbe stato nel suo migliore interesse farsi una vita nuova. Quando iniziò a riguadagnare la sua prosperità, prese un'altra moglie. Era una coppia senza amore e senza figli. Il suo primo matrimonio fu senza figli, ma per ragioni diverse. A tempo debito divenne molto ricco e si rese conto che durante gli anni in cui era stato lontano da Kyoto aveva sentito la mancanza della sua prima moglie e che l'amava davvero. Per la seconda volta, questo cercatore di sé lasciò sua moglie e tornò nella capitale. Andò nella sua vecchia casa e lì trovò la sua prima moglie, dall'aspetto non molto diverso nonostante il passare del tempo. Implorò di essere perdonato per la sua diserzione e lei lo perdonò, dicendo che lo aveva sempre amato. Parlarono contenti per tutta la sera e si ritirarono nella loro vecchia camera da letto per godersi di nuovo i piaceri dei primi anni del loro matrimonio. Al mattino il samurai si voltò verso sua moglie, per trovare un cadavere avvizzito che giaceva accanto a lui. In seguito scoprì che la sua prima moglie aveva vissuto da sola in casa per alcuni mesi dopo che lui l'aveva lasciata e poi era morta, si presume di crepacuore. Il destino della seconda moglie non è noto.

CAPITOLO 5. EROI ED EROINE

Il termine eroe è stato applicato fin dai primi tempi a una persona che possedeva forza e coraggio sovrumani e favorita dagli dei. Infatti molti degli antichi eroi giapponesi erano essi stessi dei, tra cui Susano, Oh-kuni-nushi e il suo piccolo amico Suku-na-biko o il Piccolo Uomo di Fama.

In seguito, la parola si applicò alle persone valorose in battaglia, nobili nei loro scopi e cavalleresche nelle loro azioni.

Gli eroi giapponesi sono simili agli eroi di altri paesi, tranne per qualche differenza. Naturalmente erano influenzati dal loro ambiente: come popolo di un'isola combattevano sia in mare che a terra. Lo shintoismo alimentava un patriottismo unito alla devozione a un imperatore di origine divina, e il buddismo incoraggiava il codice cavalleresco giapponese noto come *Bushido*. Anche la famiglia è importante e ci sono molti esempi di pietà filiale. Molti eroi commisero ***hara-kiri*** (o *seppuku)*, l'auto-sventramento cerimoniale, per mantenere l'onore della famiglia, per espiare una colpa o anche per seguire un maestro.

L'eroe della guerra russo-giapponese (1904-5), il generale conte Nogi, commise *hara-kiri*, così come sua moglie, in seguito alla morte dell'imperatore Meiji nel 1912. Varie teorie per questo sacrificio fu proposto all'epoca, ma è accettato che volesse servire il suo monarca nella morte come aveva fatto nella vita. È quindi un eroe nel significato antico e giapponese.

I *Kamikaze* (la parola significa vento divino) o i piloti suicidi della Seconda Guerra Mondiale erano eroi di questo tipo.

Nel 1932 tre soldati privati dell'esercito imperiale a Shanghai trasportarono una bomba esplosiva accesa in una posizione difensiva di filo spinato nemica. Fecero saltare in aria la sezione e morirono, come sapevano che avrebbero fatto. Sono conosciuti come "i tre eroi di Chapei" o "la bomba umana". Appartengono alla storia, il loro coraggio sta già tramutando in leggenda.

Non parlerò della ferocia e della brutalità della Seconda Guerra Mondiale, ma gli eserciti del Giappone credevano, come i loro antenati nel corso dei secoli, che è meglio morire di propria mano in battaglia. Essere fatti prigionieri è senza onore e senza eroismo. Il coraggio fisico è ammirato in Giappone tanto quanto altrove.

Il suicidio per le ragioni del *Bushido* è considerato con dispiacere, come in Occidente, ma è anche considerato una morte coraggiosa quando il movente è onorevole.

Un altro fattore che è forse coinvolto nella concezione giapponese dell'eroismo è il ***giri***. È difficile tradurre questa idea. Significa letteralmente un obbligo morale autoimposto con un impulso sentimentale.

Almeno in alcuni dei miti e leggende, il *giri* è presente.

Jimmu Tenno, il primo imperatore, fu anche il primo semidio a essere un eroe umano. Con il rispetto giapponese per la vecchiaia forse le sue imprese acquistano un certo splendore grazie alla sua longevità, perché si dice che sia vissuto fino all'età di 137 anni!

PS: ho raccolto in un'unica pagina le letture che consiglio che possono aiutarti ad approfondire la mitologia giapponese. Il link è il seguente: https://odanakamura.netsons.org/letture-mitologia

Oppure scannerizza questo qr code:

5.1 MOMOTARO

Statua di Momotaro a Okayama. Foto caricata su Flickr da Daisuke Fujii, fonte: https://www.flickr.com/photos/gleam_df/4007349504/

Il piccolo uomo di fama era un dio ... e un essere minuscolo. È un eroe per la sua nobiltà di intenti piuttosto che per la sua abilità in battaglia. Momotaro unisce le due virtù. Nacque in una pesca. Una coppia senza figli trovò la pesca che galleggiava lungo un ruscello di montagna e quando la portarono a casa e la aprirono, c'era un minuto ragazzo umano perfettamente formato. Lo chiamarono Momotaro, che significa bambino pesca. La coppia lo considerò come un figlio e lui crebbe rispettoso e coraggioso.

La gente della zona era terrorizzata dagli oni che abitavano un'isola e stavano facendo incursioni sulla terraferma per rubarne i tesori. Momotaro, all'età di 15 anni, decise di agire. Prima di partire per la sua missione autoimposta, la madre adottiva gli diede delle gallette di riso. Lungo la strada incontrò un cane, un fagiano e una scimmia in quest'ordine. Si unirono a lui nella sua spedizione, in cambio di una torta di riso. Quando il quartetto raggiunse la costa, trovò una barca e arrivò all'isola degli oni. Lì si imbatterono in alcune ragazze che erano state rapite e violentate dai predoni oni e tenute prigioniere sull'isola. Con i suoi amici, attaccò il castello degli oni e gli uccise tutti. Rilasciarono quindi tutti i prigionieri umani, presero le ragazze che avevano incontrato sullo sbarco e riempirono la loro barca con i tesori rubati dagli oni. Il viaggio di ritorno fu tranquillo e il tesoro fu restituito ai suoi proprietari. Ci fu abbastanza del bottino oni rimasto per Momotaro per garantire che i suoi genitori adottivi vivessero comodamente per il resto della loro vita.

5.2 ISSUN BOSHI

Issun Boshi era un altro piccolo eroe. Il suo nome significa piccolo pollice. Ebbe una nascita normale dopo il normale periodo di gravidanza (gli eroi stanno spesso per lungo tempo nel grembo materno) dopo che i suoi genitori furono sposati molti anni senza figli. Prima del suo concepimento pregarono nel loro santuario locale per un bambino, anche se doveva essere grande solo la punta di un dito. Gli dei presero la loro preghiera alla lettera. Come nel caso di Momotaro, la storia più famosa di Issun Boshi inizia all'età di 15 anni. Sembrerebbe che Momotaro avesse raggiunto le dimensioni normali a quel punto, ma Issun Boshi era ancora minuscolo. Espresse il desiderio di visitare la capitale, Kyoto in quel momento. I suoi genitori gli donarono una ciotola di riso, un paio di bacchette e un ago da usare come spada, infilato in un fodero fatto di una cannuccia vuota.

Issun Boshi. Fonte: https://archive.org/details/buddhascrystalot00ozak/page/29/mode/1up?view=theater

Dovette fare il viaggio in parte via fiume, e fluttuò nella sua ciotola di riso laccata, usando le bacchette per guidarla.

Nonostante le sue piccole dimensioni, Issun Boshi non fu calpestato in città ed a tempo debito poté entrare al servizio di una nobile famiglia. Era intelligente e lavorava sodo e si affezionò alla famiglia, in particolare alla figlia di casa. Dopo diversi anni, lui l'accompagnò un giorno a pregare nel tempio dedicato alla dea Kwannon. Lungo la strada, due oni giganti sbarrarono la strada e Issun Boshi saltò per cercare di distogliere la loro attenzione dalla ragazza. Uno degli oni lo vide, lo sollevò e lo inghiottì. Il piccolo giovane estrasse la spada ad ago e iniziò a pugnalare lo stomaco dell'oni. Quindi si fece strada nella gola, brandendo la spada mentre si arrampicò. Fu così doloroso per l'oni che sputò fuori Issun Boshi non appena possibile. L'altro oni poi lo prese in braccio, ma il piccoletto gli saltò negli occhi e lì fece buon uso della sua spada in miniatura. Mentre i diavoli si alzarono in volo, l'eroe della storia cadde a terra, illeso. Nella loro fuga, uno degli oni lasciò cadere una mazza, un oggetto in grado di esaudire i desideri. Daikoku, il dio della ricchezza e uno dei sette dei di buona fortuna, è spesso raffigurato con in mano tale mazza. Insieme, la ragazza e il piccolo giovane colpirono la mazza a terra ed espressero un desiderio. Immediatamente Issun Boshi diventò di taglia normale, vestito da samurai. Quando tornarono, il padre della ragazza permise volentieri alla coppia di sposarsi. La vita di Issun Boshi continuò in modo meno rischioso, ma dimostrò di essere ben dotato dello spirito da samurai, e oltre ad essere un buon marito portò i suoi genitori a Kyoto e si prese cura di loro nella loro vecchiaia.

Lui e Momotaro avevano molto in comune.

5.3 KINTARO

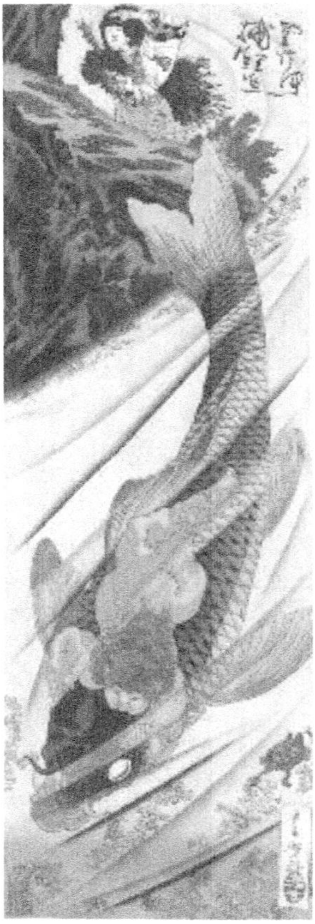

L'immagine raffigura il ragazzo Kintaro che combatte contro una carpa gigante

Kintaro era noto per la sua straordinaria forza fisica e lealtà.
La madre di Kintaro fu uno degli spiriti di montagna conosciuti come Yama-uba. Fu anche descritta come una mortale, devota al marito guerriero che fu ingiustamente bandito dalla corte.
Kintaro fu un bambino postumo e fu allevato in un rifugio di montagna, con solo sua madre e gli animali come compagni. A quanto pare, fu un bellissimo bambino, con la pelle dorata. Da bambino era forte al punto da poter sradicare gli alberi con una sola mano. Lottare con un orso era solo un esercizio, che non comportava alcun pericolo per il bambino.
A parte la sua forza, Kintaro mostrò una certa saggezza nella sua infanzia, poiché era solito giudicare quando i suoi amici animali litigavano per testare la loro forza, anche se non c'è traccia che Kintaro fosse uno spettatore delle lotte tra animali fino alla morte.
Alla fine la sua forza fu scoperta e fu portato alla corte di Kyoto dove, si crede, alla fine divenne un servitore di Yorimitsu, uno dei primi leader del clan Minamoto. Alla fine Kintaro rivendicò il nome di suo padre e in età adulta divenne anche un guerriero.

5.4 RAIKO

Raiko fu servito nella sua guida di Minamoto da 4 luogotenenti. Una delle imprese di Raiko fu quella di sconfiggere una piccola banda di giganti oni che aveva attaccato le donne sulle montagne.
Raiko e i suoi scagnozzi furono incaricati di liberare il posto da queste creature. Non era la prima volta che un eroe adempiva al suo dovere con astuzia oltre che valore. Travestiti da banda di sacerdoti erranti e completamente armati sotto le loro vesti, si recarono nella fortezza di montagna delle loro vittime e offrirono loro una bevanda magica. I giganti non erano consapevoli dell'identità dei sacerdoti e apprezzarono molto l'aperitivo e l'intrattenimento di danze improvvisate che Raiko mise in scena per loro. Quando la bevanda magica ebbe avuto il suo effetto inebriante, i guerrieri abbandonarono le loro vesti sacerdotali e decapitarono le creature. Il leader dei vampiri fu così infuriato da questa indegnità che la sua testa mozzata cercò di attaccare Raiko. Ma i guerrieri Minamoto vinsero e salvarono un certo numero di donne prigioniere che trovarono vicino al nascondiglio degli oni nella foresta di montagna.
Una delle tante storie raccontate di Raiko riguarda il periodo in cui si ammalò. Viveva in una villa a Kyoto, con tanti servi. Non pensava quindi che fosse strano che a mezzanotte la sua medicina gli fosse portata da un giovane che non conosceva. Tuttavia, con il peggioramento della sua malattia, iniziò a sospettare che questo giovane lo avvelenasse o che avesse poteri malvagi. Una notte attaccò il ragazzo, che fuggì urlando dalla stanza, lanciando una ragnatela appiccicosa a Raiko. Anche se lo tagliò con la sua spada, continuò ad intrecciare Raiko. Uno dei luogotenenti di Raiko sentì il trambusto. Correndo in aiuto del suo padrone, incontrò lo strano giovane nel corridoio, e anche lui fu coperto da una rete soprannaturale. Il cosiddetto servitore fu infine scoperto in una grotta nelle sue vesti reali di ragno goblin, soffrendo per il taglio della spada che Raiko gli aveva inflitto. La creatura fu uccisa e Raiko non solo si riprese dalla malattia, ma le ragnatele si disintegrarono, liberando Raiko e il suo fedele luogotenente.

5.5 TAWARA TODA

L'immagine raffigura la Principessa Drago che si alza dall'acqua per dire a Tawara, in piedi sulla riva del lago Biwa, di liberare il lago dall'enorme millepiedi.

Si dice che un altro eroe, Tawara Toda, appartenga all'XI secolo, ma le storie su di lui sono così avvolte dalla magia che non si può fare a meno di chiedersi se sia mai vissuto. Nella leggenda era un uomo di coraggio e onore. L'ambientazione di una delle storie su di lui è il lago Biwa, che compare molto spesso nella mitologia giapponese. Tawara Toda stava attraversando un ponte sul fiume che usciva dal lago quando vide un enorme e orribile serpente che giaceva sulla sua strada. Tale era il suo coraggio che non fece alcun tentativo di ucciderlo, ma si limitò a scavalcare il suo corpo squamoso e andò per la sua strada. Giaceva passivamente sul ponte. Forse, se il mostro avesse mostrato un po' di aggressività, Tawara Toda avrebbe agito diversamente. A questo punto le interpretazioni della storia variano.

In una versione fu successivamente visitato a casa sua da una giovane donna che si rivelò essere la figlia del Re Drago, dicendo che nella sua vera forma lei era stata il serpente su cui lui passò così indifferentemente sul ponte.

Un'altra versione afferma che, dopo aver raggiunto l'altra sponda del fiume, Tawara Toda si voltò a guardare indietro, e invece del serpente che giaceva c'era un essere simile a un uomo, che indossava una corona

con un piccolo serpente su di esso. Questo sconosciuto disse che era il Re Drago in persona. Affermò di aver preso la forma della creatura per trovare un essere umano abbastanza coraggioso da intraprendere un compito che poteva essere svolto solo da un mortale.
Le versioni poi convergono di nuovo, poiché Tawara Toda fu invitato a uccidere un gigantesco millepiedi che aveva minacciato il regno del Re Drago. Il millepiedi era così enorme che copriva una montagna: sfere di fuoco gli brillavano nella testa.
L'eroe umano era un bravo arciere, ma sebbene le sue prime due frecce centrassero il bersaglio, la creatura sembrò essere illesa. Si dice che a volte la saliva abbia proprietà magiche e letali. Tawara Toda se lo ricordò e lo mise alla prova. Leccò la punta della terza freccia e prese la mira. Il millepiedi morì quando la freccia lo colpì. Dopo questo trionfo, Tawara Toda fu intrattenuto nel palazzo del Re Drago sotto il lago Biwa (l'intrattenimento è un seguito abbastanza consueto degli atti di prodezza: a Raiko fu concessa una festa dopo che lui e i suoi servitori avevano salvato le ragazze dagli oni). Fu organizzato un sontuoso banchetto, si ballò e l'intera occasione fu magnifica. Come atto finale di gratitudine, il Re Drago non diede sua figlia in matrimonio come ci si potrebbe aspettare in questo tipo di racconto eroico, ma dei doni soprannaturali:

- un sacco di riso, il cui contenuto non doveva mai essere riempito per quanto ne venisse tolto;
- un rotolo di stoffa di seta che di nuovo si auto-riempiva man mano che ne venivano tagliati dei pezzi;
- una pentola che si riscaldava senza l'uso del fuoco;
- una campana, a lungo nascosta sotto le acque del lago.

Solo la campana era priva di magia e Tawara Toda la donò a un tempio locale. Piace pensare che lo abbia fatto per commemorare la sicurezza assicurata del dominio del Re Drago ora che il millepiedi era morto, piuttosto che per smaltire un oggetto che, rispetto agli altri suoi regali, era banale.

Il nome di Tawara Toda può essere tradotto come "*signore Toda della balla di riso*" o "*signore sacco di riso*". Le versioni nostrane delle varie storie su di lui generalmente usano quest'ultima come titolo. Hidesato è un altro nome dato a questo eroe.

5.6 BENKEI E YOSHITSUNE

Oni, fantasmi e serpenti erano quasi sempre i nemici sconfitti degli eroi, ma i tengu furono dalla parte di Yoshitsune e Benkei.
Secondo un documento nel Santuario Nagami, Honjo-mura, la figlia di un samurai, nacque il 5 maggio 1129 e si chiamò Benkichi. Nel 1147 andò a Nagami e tre anni dopo concepì un bambino da un tengu. Suo figlio, Benkei, nacque tredici mesi dopo con una serie completa di denti e capelli lunghi.
C'è una leggenda che nella sua prima giovinezza abbia vissuto con sua madre su un'isola chiamata Benkeijima al largo della costa di Nohara a Honjo-mura. A quanto pare, era un bambino noioso e fu abbandonato lì per la sua cattiveria. L'isola è collegata alla terraferma da uno stretto sentiero sabbioso. Si dice che questo percorso sia stato tracciato dal bambino che portava la sabbia nelle maniche e nella gonna della sua veste per creare una via di fuga dall'isola. Deve essersi riconciliato con sua madre, in quanto si dice che dopo la sua morte, quando aveva 17 anni, la fece diventare la dea Benkichi a Nagami. Si narra inoltre che sull'isola, da bambino, giocasse con il tengu.
Benkei è famoso per essere il figlio di un monaco, nonché il figlio di un tengu. Fu descritto come un uomo alto 3 metri, con la forza di un centinaio di uomini e in grado di correre veloce come il vento. Il suo incontro con Yoshitsune sul ponte Gojo a Kyoto fu ripetuto innumerevoli volte, e c'è un dramma Noh al riguardo, probabilmente risalente al XV secolo.
Per raccontare quella storia, è necessario parlare del nipote di Tametomo, Yoshitsune.
Da bambino e da giovane, questo eroe del clan Minamoto era conosciuto con il nome di Ushiwaka, nello stesso modo in cui Yorimitsu era in un periodo della sua vita noto come Raiko. Dopo che il giovane Ushiwaka e i suoi due fratelli furono salvati con riluttanza dalla morte dai Taira in seguito alla sconfitta di Minamoto, Ushiwaka fu mandato da solo in un monastero dove i monaci si presero cura di lui e dove li aiutò in alcuni

dei loro doveri. Ma era un combattente e fin da bambino giurò di punire i Taira per la sconfitta che avevano inflitto alla sua famiglia. Di notte uscì sul fianco della montagna e praticò l'arte della spada con una spada giocattolo di legno che si era costruito da solo. Il principale tengu ebbe pietà del ragazzo. Una notte apparve e gli chiese delle sue visite notturne segrete nei boschi. Il tengu rimase colpito dalla determinazione del bambino e approvò il clan Minamoto. Organizzò che i servitori del tengu insegnassero a Ushiwaka non solo l'arte della spada, ma anche la strategia e la tattica. Così nella sua infanzia e giovinezza Ushiwaka imparò le arti del guerriero dal mondo soprannaturale, e quando divenne un uomo e fu conosciuto come Yoshitsune, le sue imprese furono tali che la sua abilità in battaglia si considerò soprannaturale.
Che Benkei fosse o meno figlio di un tengu, il fatto che anche lui abbia avuto compagni tengu nella sua infanzia è qualcosa che i due eroi avevano in comune.
Il racconto del loro incontro sul ponte Gojo è la prima delle leggende in cui compaiono entrambi: dopo quell'incontro non esistono storie separate su nessuno dei due. Ushiwaka aveva intorno ai 16 anni ed era ben addestrato nelle arti guerriere quando sentì parlare di un monaco soldato di nome Benkei. Quest'uomo si fece una reputazione attaccando i guerrieri per mostrare la sua abilità con la spada. Benkei raccoglieva le spade di coloro che uccideva per soddisfare la sua vanità. Fu assegnato al monastero del Monte Hiei e venne a Kyoto in cerca di avventure e altri trofei di spada. Quando attraversò il ponte di Gojo mentre andava a pregare in un tempio dall'altra parte, Ushiwaka vide l'uomo di cui aveva sentito parlare, aspettando lì per sfidarlo. Se fosse stato davvero alto tre metri doveva essere davvero formidabile in apparenza, vestito con la sua armatura. Lo sfidò e cercò di bloccargli la strada. L'addestramento del tengu fu fondamentale per il ragazzo e rapidamente scivolò oltre l'enorme uomo in piedi di fronte a lui, facendo cadere una delle armi di Benkei dalla mano. Benkei si voltò furioso e così iniziò il famoso combattimento. Ushiwaka disarmò il vanitoso combattente e fu chiaramente il vincitore

della gara. L'atteggiamento di Benkei nei confronti della vita cambiò da quel momento in poi.

Kurō Hangan Minamoto Yoshitsune e Musashibō Benkei sotto un ciliegio. Si tratta di un ukiyo-e di Yoshitoshi Tsukioka.

Implorò di essere perdonato dal giovane che si affermò non solo come più abile nell'arte della spada, ma anche di maggiore onore. Benkei si offrì di diventare il servo e compagno di Ushiwaka nella faida contro i Taira. Questa offerta fu accettata, e da quel primo incontro Yoshitsune e Benkei furono inseparabili e i loro nomi sono accoppiati sia nella storia che nella leggenda.

Yoritomo, il fratellastro più anziano di Yoshitsune, fu geloso della coppia, nonostante l'aiuto che gli dettero contro i Taira. Alla fine Yoshitsune dovette fuggire nel nord del Giappone per sfuggire a suo fratello dopo la vittoria finale dei Taira. Questa gelosia smodata che Yoritomo provava nei confronti di Yoshitsune sembra aver sfiorato la follia.

Yoshitsune fu molto leale alla causa Minamoto e sicuramente sarebbe stato d'aiuto a suo fratello nei primi giorni dello shogunato di Kamakura.

Ma forse sarebbe stato troppo utile: Yoritomo aveva in sé lo stile del dittatore.
La leggenda narra che Yoshitsune fu ucciso dai servi di Yoritomo, che la sua testa fu preservata nel sakè e rimandata a Yoritomo, a Kamakura, e che Benkei morì nel tentativo di difesa del suo padrone.
Un'altra versione della loro fine fu che commisero hara-kiri quando videro che non c'era speranza di sopravvivere all'attacco organizzato da Yoritomo.
Infine, un'altra versione vede Yoshitsune andare a Yezo (Hokkaido) e poi alla terraferma dell'Asia. Presumibilmente Benkei andò con lui. Ma è ugualmente accettato che Benkei sia morto per il suo padrone, una conclusione appropriata per la vita di un uomo che fu soprannominato Oni-waka o “Giovane Diavolo” nella sua infanzia per la sua violenza e che, attraverso il suo incontro con il giovane Yoshitsune, divenne un guerriero di leale galanteria, un attributo accresciuto dalla sua forza soprannaturale.
Yoritomo, nonostante la sua crudeltà e la sua innaturale gelosia nei confronti di suo fratello, deve essere considerato un eroe. Non solo fu il primo shogun, ma fu anche il vincitore della Battaglia di Dannoura, lo scontro in mare in cui il clan Taira fu annientato. Dopo aver stabilito la sua amministrazione a Kamakura, fondò un sistema di governo attraverso governatori militari e il feudalesimo militare fu il modello accettato per gli anni a venire. Qualunque cosa si possa pensare di lui, comandò con devozione tra i suoi servitori, uno dei quali fu Asahina Saburo che certamente rientra nella classica categoria degli eroi. Spesso è raffigurato come in grado di scagliare rocce con una forza sovrumana, e si dice anche che sia stato in grado di nuotare con uno squalo vivo sotto le braccia. Anche la squadra di Taira aveva i suoi eroi. Kagekiyo apparteneva alla seconda parte del XII secolo. Fu uno dei tanti che tentarono di uccidere Yoritomo. Quando arrivò la sconfitta finale dei Taira, Kagekiyo si tolse gli occhi piuttosto che guardare la vittoria dei Minamoto.

5.7 ATSUMORI E KUMAGAI

Prima della battaglia di Uannoura ci fu una battaglia di terra vicino a Kobe, a Ichi-no-tani. Yoshitsune e Benkei furono i vincitori, e Benkei suggerì che il castello detenuto dai Taira dovesse essere preso d'assalto dalla ripida montagna sopra e dietro di esso. Atsumori era un giovane eroe dalla parte dei Taira in questo incontro. Aveva solo 16 anni e combatteva come un uomo. Era il nipote del leader Taira, Kiyomori. Quando la battaglia di Ichi-no-tani finì e le forze di Taira fuggirono, Atsumori fu lasciato nel castello. Uccise tre guerrieri Minamoto e poi si affrettò alla spiaggia. Ma le forze di Taira erano state uccise o erano state portate sulle loro barche.

Un generale Minamoto, di nome Kumagai, si avvicinò e prese in giro il soldato Taira per essere rimasto solo. Atsumori estrasse la spada e si combatté un duello. La forza e l'esperienza superiori di Kumagai furono decisive e comandò ad Atsumori di togliersi l'elmo prima di essere decapitato. Kumagai vide poi che aveva duellato con un ragazzo. Suo figlio era stato ucciso in precedenza quello stesso giorno, e quando seppe dal giovane chi fosse, fu restio a eseguire l'esecuzione. Atsumori non chiese pietà, e forse perché a quel punto le forze di Minamoto sotto il comando di Kumagai stavano raggiungendo la spiaggia, non ne ricevette nessuna. Kumagai non fu il primo personaggio eroico a sperimentare una simile tentazione, e certamente non fu l'ultimo. Ma i suoi seguaci non lo videro mostrare clemenza verso un nemico. Dopo aver ucciso Atsumori, gettò via i suoi abiti e quando la battaglia navale che seguì nello Stretto di Shimonoseki fu combattuta e vinta, Kumagai divenne monaco a Kyoto. Assicurò che la testa di Atsumori fosse data al padre del ragazzo.

5.8 I QUARANTASETTE RONIN

I Quarantasette eroi Ronin appartengono all'inizio del diciottesimo secolo e da allora la loro storia catturò l'immaginazione popolare. Nel 1702, durante lo shogunato Tokugawa, due *daimyo* furono scelti dallo shogun per ospitare a Yedo un'ambasciata della corte imperiale di Kyoto. A uno degli ufficiali dello shogun, di nome Kira Kozuke-no-Suke, fu affidato il compito di insegnare loro il cerimoniale necessario. Secondo l'usanza, i due *daimyo* gli diedero dei regali in cambio di questa istruzione, ma era un uomo rozzo e considerava i doni indegni dei suoi servizi nei loro confronti. Disprezzò i due nobili per la loro scarsa conoscenza dell'etichetta di corte e per quella che, a suo avviso, era una misera ricompensa per la sua superiore conoscenza. Uno dei *daimyo* aveva un consigliere che, rendendosi conto che la situazione stava diventando pericolosa, pagò segretamente a Kira Kozuke-no-Suke una grossa somma di denaro. Ma l'altro *daimyo*, il cui nome era Asano, non aveva un simile amico. Kira Kozukeno-Suke, nella sua meschinità, iniziò a insultare apertamente l'apparente povertà e mancanza di apprendimento di questo allievo. A tale comportamento poteva esserci una sola risposta, la preservazione dell'onore mediante la morte del funzionario dello shogun. Mentre i due *daimyo* ricevevano istruzioni nel palazzo dello shogun, Kira Kozuke-no-Suke fece un'osservazione particolarmente offensiva nei confronti di Asano, quando il *daimyo* perse le staffe e gli balzò addosso con il suo pugnale. Kira Kozuke-no-Suke fu ferito solo leggermente. Asano fu sequestrato da altri funzionari di palazzo. La punizione per un simile reato all'interno della residenza dello shogun era commettere *hara-kiri*. Il *daimyo* si sventrò con il pugnale che aveva usato nel suo attentato alla vita di Kira Kozuke-no-Suke.

Asano aveva 47 servitori samurai. Dopo la sua morte non ebbero altra scelta che sciogliersi e diventare *ronin*, samurai senza padrone. Uno dei *ronin* di nome Kuranosuke divenne il loro leader naturale. Per quasi un anno si comportatono come se la morte del loro signore non richiedesse alcuna punizione e non furono mai visti insieme. Ma i piani furono fatti con la massima cura e furtività, e la sera del 14 dicembre 1703 il ronin assalì la villa di Kira Kozuke-no-Suke. Stava nevicando in quel momento e gli assistenti non li sentirono arrivare. Kuranosuke attaccò l'ingresso principale e suo figlio di 16 anni il retro. Dopo un duro combattimento tutti i difensori furono uccisi o scapparono, ad eccezione di Kira Kozuke-no-Suke. Alla fine fu trovato nascosto in un magazzino di carbone. Kuranosuke gli ordinò di commettere *hara-kiri*, ma non lo fece. Così Kuranosuke lo decapitò, non con un colpo netto di spada, ma con il pugnale che il suo maestro aveva usato quando ebbe il coraggio di uccidersi come ordinato. La testa fu presa dai quarantasette e adagiata sulla tomba del *daimyo* Asano nel terreno del Tempio Sengakuji, Shiba, nella città ora conosciuta come Tokyo. Infine, i ronin furono chiamati a commettere *hara-kiri*, cosa che fecero, compreso il figlio di Kuranosuke. Furono sepolti insieme e le loro tombe messe vicino a quella di Asano. Le loro reliquie sono state conservate e sono ancora oggi venerate. Nel 2013 è uscito anche un film ispirato a questa storia vera con l'attore Keanu Reeves: il titolo è "*47 ronin*".

Tomba dei 47 Ronin del Tempio Sengakuji. Foto caricata da Steve Watkins su Flickr. Fonte: https://www.flickr.com/photos/watty_rugby/36764572570/

5.9 EROINE

L'eroismo non è una qualità limitata al sesso maschile. Le leggende e la storia del Giappone includono molte eroine. Si può dubitare della veridicità di alcuni dei risultati dell'**Imperatrice Jingo**, ma non si può dubitare del suo eroismo.

E prima ancora, l'**amante di Yamamoto Date** mostrò un comportamento eroico. Lo accompagnò nella maggior parte delle sue spedizioni e alla fine si gettò in balia degli dei del mare per fermare la tempesta che minacciava la nave del suo amante.

La **figlia di Kiyomon**, la madre dell'imperatore Antoku, balzò in mare trasportando suo figlio nella battaglia di Dannoura, piuttosto che lasciarlo cadere nelle mani dei Minamoto.

Kesa Gozen apparteneva al XII secolo. Era giovane, bella e sposata. Lei e suo marito vivevano nella casa di sua madre. Un suo cugino, nella sua tarda adolescenza, si innamorò pazzamente di lei. Respinse le *avances* del giovane e fu fedele al marito, i cui doveri lo portavano spesso via di casa. Durante quegli anni travagliati, era senza dubbio lontano a combattere. Il cugino cercò di conquistare il favore di Kesa Gozen tramite sua madre e alla fine, tale era la sua passione, ricorse a minacciare la vecchia signora. Alla fine Kesa Gozen temette così tanto per la sicurezza di sua madre che disse a sua cugino che sarebbe andata a letto con lui, ma solo se suo marito fosse morto - e per sua mano. Prese il posto di suo marito nel letto la notte in cui tornò. Il giovane entrò di soppiatto nella stanza, ma la moglie non si mosse. Sapeva esattamente il suo amaro destino. Suo cugino la pugnalò e nella sua stessa morte salvò sia sua madre che suo marito, e il proprio onore. Il fatto che il marito intendesse farsi giustizia o meno non è sempre correlato, sebbene in una versione della storia sia annegato nella sua ricerca dell'assassino. La vendetta non sembrò essere necessaria, perché il giovane cugino fu così scioccato da ciò che aveva fatto che rinunciò a tutti i tentativi di piacere umano e divenne un monaco. Evidentemente era adatto a quella vita, perché alla fine divenne un santo, noto come Mongaku Shonin.

Tora Gozen

Un'altra eroina alla fine del XII secolo fu **Tora Gozen**. Faceva la prostituta a Oiso, ma rinunciò al suo mestiere per stare con un uomo, Soga no Goro. Lui, con il fratello maggiore Juro, tentò di uccidere l'assassino del padre. Questo atto di punizione avvenne nella residenza di caccia di Yoritomo vicino a Kamakura nel 1193, dopo che Yoritomo divenne shogun. Il tentativo fallì e Juro fu ucciso. Goro fu fu decapitato con una spada smussata. Tora Gozen non fu condannata. La morte di Goro fu già un tormento sufficiente.

Terute Hime appartiene al XV secolo. Come Tora, fu una prostituta prima di diventare un'amante fedele. Il nome del suo amante era Oguri Hangwan. Era un uomo con molti nemici. In un'occasione fu indotto a fare un bagno con dentro un veleno che gli diede la lebbra. Terute Hime lo spinse a grande distanza su una carriola da Kamakura ad alcune sorgenti termali dove, dopo aver fatto il bagno per una settimana, si riprese. Ai tempi da prostituta, apprese di un complotto per drogare, rapinare e uccidere Oguri Hangwan. Ma lei gli raccontò il piano e fuggirono insieme da casa sua, finendo il loro viaggio insieme sul dorso di un cavallo. La fedeltà al marito o all'amante di fronte alla sconfitta o al pericolo è qualcosa che accomuna tutte queste eroine, in alcuni casi unita alla lealtà a una causa.

CAPITOLO 6. UOMINI E ANIMALI

Ogni Paese ha le sue storie di animali parlanti (basti pensare alla figura del serpente nel giardino dell'Eden con Adamo ed Eva) e il Giappone non fa eccezione. Gli animali svolgono un ruolo importante sia nella mitologia che nella leggenda, non solo di per sé, ma a causa della loro relazione con i mortali o, nelle prime narrazioni, le divinità. Le creature possono essere grate agli umani o essere maliziose, possono conversare tra loro e con le persone. Nella vita reale alcune persone attribuiscono agli animali qualità o talenti umani: nella mitologia questa tendenza è notevolmente amplificata.

Il drago è la creatura più antica della mitologia, ma la volpe è la più antica della superstizione. Oltre a questi, il cane, il gatto e il tasso si ripresentano più frequentemente. La volpe è usata come messaggera dal dio del riso Inari: infatti il dio è talvolta raffigurato come una volpe. Come altri animali, la volpe è in grado di trasformarsi in forma umana, sebbene non lo faccia spesso come il serpente o il drago.

In genere è il serpente che esige sacrifici umani, come nel caso del drago nella cui coda Susano trovò la spada e anche degli dei del mare o drago alle cui misericordie si gettò la consorte di Yamamoto.

I tassi variano nel temperamento: possono essere imbroglioni, autotrasformatori, amici riconoscenti o sciocchi, facilmente confusi dall'astuzia. Spesso il tasso è raffigurato nelle vesti di un monaco buddista, nel qual caso l'animale simboleggia la virtù della gratitudine.

6.1 MITI

1. Come la medusa perse le ossa

A volte si dice che fosse la sposa del Re Drago e talvolta una sua figlia che ebbe il desiderio di un fegato da una scimmia viva. In un documento, un sacerdote del Regno dei Draghi sottomarino le consigliò di mangiare tale cibo per curare una malattia. È noto che il desiderio di certi cibi accompagna alcune gravidanze e si può supporre che la divinità drago fosse incinta. La storia è ambientata nel momento in cui le meduse avevano ossa, pinne, una coda e i piedi.

Una di queste creature fu inviata sulla terraferma a prendere una scimmia. Una vittima fu rapidamente trovata sulla riva e accettò l'invito a vedere le meraviglie del regno marino. Tuttavia, sulla strada per il palazzo del Re Drago, le meduse riferirono alla scimmia lo scopo dell'invito. La scimmia rispose che, poiché il suo fegato era così pesante, generalmente lo tirava fuori durante il giorno e che doveva andare a prenderlo dall'albero dove era stato lasciato. Così le meduse riportarono la scimmia nel luogo in cui si erano incontrate. Indicando un albero, la scimmia disse che pensava che gli fosse stato rubato il fegato, ma che sarebbe andata a cercare l'organo mancante e nel frattempo la medusa sarebbe dovuta tornare in mare e spiegare cosa fosse successo. Quando il Re Drago sentì la spiegazione, modellò la medusa nella forma che hanno ora queste creature, e il desiderio di fegato di una scimmia viva o scomparse o la divinità drago femminile si riprese dalla sua malattia senza il suo aiuto.

Questa storia ha anche una versione alternativa in cui il polpo prende la parte della medusa, allo stesso modo che le sue ossa vengono rimosse come punizione per essere stato ingannato dalla furbizia della scimmia.

2. Inimicizia tra scimmie e granchi

La scimmia propone lo scambio del seme di cachi con la pallina di riso del granchio.

In questa storia (ci sono numerose interpretazioni) la scimmia non se la cava così bene. Scambiò con un granchio un pezzo di torta di riso per un seme di cachi. In un tempo molto breve il seme divenne un albero coperto di frutti, e il granchio chiese alla scimmia di raccogliere i cachi poiché non era in grado di farlo da solo. La scimmia mangiò il frutto maturo e lanciò i cachi acerbi al granchio, che subito si vendicò gridando una serie di oscenità alla scimmia. La scimmia risentita, defecò poi nella tana del granchio. La rappresaglia fu facile per il granchio: afferrò le natiche della scimmia con le sue tenaglie e non lasciò la presa finché l'animale non le diede un po' del suo pelo. Questa fu una strana richiesta per un granchio, ma si dice che spieghi perché alcune specie di granchio hanno i peli sulle loro tenaglie.

In un'altra versione, mentre l'inizio della storia è sostanzialmente lo stesso, il granchio reagisce violentemente, non per l'atto della scimmia all'ingresso della sua casa, ma per l'umiliazione di vedersi lanciare contro i suoi stessi cachi. Richiese l'aiuto di vari oggetti e anche quello di un'ape. La scimmia venne invitata a casa del granchio e venne quindi gravemente bruciata da un uovo infuocato, punto in faccia dall'ape, fatto cadere calpestando alghe posizionate strategicamente, e infine schiacciato da un mortaio.

In un'altra versione, la guerra fu dichiarata tra tutte le scimmie e tutti i granchi, e il visitatore della casa del granchio fu il Re Scimmia, venuto da solo per discutere i termini del trattato. Le furono inflitte le varie torture e alla fine l'esercito dei granchi lo pizzicò a morte.
Le leggi della natura non includono la gentilezza nel mondo animale. Questo è evidente nella leggenda degli animali, con il suo accento sulla vendetta e l'inganno.
Ma l'affetto che esiste tra tanti uomini e i loro cani sembra essere mondiale: appare certamente nelle storie di cani e padroni del Giappone.
I matrimoni soprannaturali tra mortali e animali possono avere qualche connessione con il calore con cui alcuni uomini e donne nel corso dei secoli hanno considerato gli animali e in particolare i loro animali domestici.

3. Il cane riconoscente

Un'altra storia racconta di un uomo che guadagnava denaro possedendo bachi da seta, ma era sua moglie che si prendeva cura di lui e faceva tutto il lavoro di avvolgere il filo di seta dai bozzoli. Un anno i bachi da seta morirono e rendendosi conto che non ci sarebbe stato alcun reddito dalla seta, il marito allontanò sua moglie da casa. Non portò con sé altro che l'unico baco da seta sopravvissuto, qualche foglia di gelso con cui nutrirlo e anche il cane di famiglia. Un giorno il cane mangiò il baco da seta (probabilmente per pura fame, in quanto questo animale non rientra nella categoria dei cattivi) ma la donna resistette alla tentazione di ucciderlo per vendetta di aver mangiato il suo unico altro compagno. Non molto tempo dopo, il cane sembrò avere il naso ferito e la donna, curandolo, notò un filo sottile che pendeva da una narice. Questo filo era di pura seta. Lo avvolse su una bobina e poi su molte bobine, perché il cane continuava a produrre una grande quantità di seta. Dopo che queste bobine furono vendute, il cane morì.
Seppellì il corpo sotto un gelso e all'improvviso, dopo aver reso grazie a Buddha per il cane che le aveva dato da vivere, una massa di bachi da seta apparve sulle foglie dell'albero. Maturarono con una velocità innaturale e in breve tempo la donna avvolse seta di così magnifica qualità che poté venderla alla corte imperiale. Suo marito, sapendo questo, si pentì rapidamente della sua precedente pigrizia e crudeltà e la raggiunse. Dallo spirito del cane provenivano le ricchezze con cui la coppia visse da allora in poi.

4. L'ape riconoscente

Non solo gli uccelli e gli animali mostrano gratitudine: anche gli insetti mostrano questa virtù. Un guerriero, sconfitto in battaglia, si rifugiò in una grotta. Notò un'ape, intrappolata in una ragnatela e la liberò. Quella stessa notte, mentre dormiva, sognò un uomo vestito di marrone che gli disse che era l'ape che era stata liberata e che lo avrebbe aiutato a vincere la sua prossima battaglia. L'uomo in marrone esortò il sognatore a combattere anche se aveva solo pochi seguaci e, prima ancora di pianificare la campagna, a costruire un capannone pieno di container o vasi. L'eroe della storia costruì una capanna nella foresta e, dopo aver raccolto vecchie giare e pentole, radunò i suoi poveri servitori che erano nascosti. Le api vicine vennero e si stabilirono nei ricettacoli preparati per loro. Quando le forze nemiche sentirono che il guerriero era di nuovo libero con la sua manciata di sostenitori, attaccarono il suo piccolo rifugio nella foresta. Le api vinsero.

5. Anatre mandarine

Molte narrazioni sul mondo animale assumono la forma di una visione o trasformazione da sogno. Ad esempio, c'è la storia di un uomo che sparò a una coppia di anatre mandarine, uccidendo il maschio. Questi uccelli sono associati a matrimoni felici e, per questo motivo, vengono cacciati raramente. Tuttavia, quest'uomo in particolare aveva bisogno di cibo. Quella notte sognò una bellissima donna che entrava nella sua stanza, piangendo e accusandolo di aver ucciso suo marito. Gli disse di andare nel luogo dove aveva cacciato il giorno prima per venire a sapere del suo crimine, perché, disse la donna del sogno, non sapeva ancora cosa aveva fatto. Questo sogno era così reale per lui che tornò sulla riva del fiume, questa volta senza portare con sé arco e faretra. Da dove si trovava, vide un'anatra mandarina nuotare da sola. Invece di voltarsi, venne verso di lui e, uscendo dall'acqua e fissandolo intensamente, abbassò improvvisamente la testa e si strappò il petto con il becco, uccidendosi. Si dice che in seguito quest'uomo sia diventato un monaco celibe in preda al rimorso.

Un'altra storia riguarda l'affetto tra questi uccelli acquatici, ma è anche una storia di gratitudine. Un'anatra fu catturata e tenuta in una gabbia da un uomo ricco, ma fu accudita dal suo servitore. L'uccello non mangiava. Una cameriera della famiglia consigliò al servitore di rilasciarlo, poiché si stava chiaramente struggendo per la sua compagna e sarebbe inevitabilmente morto in cattività. Il proprietario dell'anatra mandarina si infuriò quando trovò che l'uccello non era più nella sua gabbia e, sospettando che il servo l'avesse liberato, lo trattò con indifferenza al limite della crudeltà. La cameriera era molto angosciata dagli abusi subiti dal suo collega, di cui era in parte responsabile. Uniti dal dolore, la coppia si innamorò. Da quel momento in poi, ci furono molti pettegolezzi in famiglia sui loro sentimenti reciproci, e alla fine il capo della casa arrivò alla conclusione che entrambi furono responsabili per averlo privato del suo uccello domestico.

Quelli furono giorni senza pietà, poiché ordinò che la loro punizione congiunta fosse la morte per annegamento. Proprio mentre stava per essere eseguita questa sentenza, arrivarono due messaggeri del governatore provinciale con la notizia che la pena capitale era stata abolita nella provincia e che tutti i trasgressori condannati dovevano essere portati immediatamente al governatore. Il ricco ordinò frettolosamente che i suoi due servi fossero sciolti e portati via dai messaggeri. La passeggiata verso la capitale fu lunga e la servitù seguì i funzionari, che non gli rivolsero la parola. Il sollievo per la tregua, l'ansia per ciò che riservava il futuro e la stanchezza generale li fecero trascinare indietro sempre più lentamente, finché non si resero conto che gli uomini che stavano seguendo erano svaniti dalla vista e che si erano persi. Trascorsero la notte in una vecchia capanna e quando gli innamorati si addormentarono, apparvero loro i messaggeri dicendo che erano la coppia di anatre mandarine, che grazie a loro si erano ricongiunte. Al risveglio, la coppia vide una coppia di anatre all'ingresso della capanna, che chinarono la testa in segno di saluto e infine volarono via insieme. I servi non tornarono mai dal loro padrone, ma presero impiego in un altro distretto dove si sposarono.

6. Gatti malvagi

Il gatto può essere malvagio come il tasso, come dimostra il comportamento di uno di loro nei confronti di un ragazzino, sebbene non usasse torture mentali così raffinate.
Il ragazzo cacciava quotidianamente solo con un arco e dieci frecce. Un giorno sua madre lo convinse a prenderne una in più, dicendo che poteva averne bisogno. Non sparò a nulla tutto il giorno e al sorgere della luna, si lasciò andare all'usanza giapponese di guardare la luna.
Non è raro che le persone diano feste per l'osservazione della luna (per sedersi e contemplare mentre la luna sorge).
Mentre si sedette lì, notò una seconda luna apparire nel cielo. Sospettò che fosse una luna demoniaca e le scoccò tutte le frecce in rapida successione. Dieci rimbalzarono, ma l'ultima fece emettere uno stridio pauroso alla seconda luna e ne seguì uno schianto nel sottobosco. Il ragazzo corse sul posto e vi trovò un enorme gatto morto, con l'undicesima freccia nel cuore e un grande specchio tra le zampe. Il ragazzo abbandonò lo sguardo sulla luna e corse a casa raccontando a sua madre la sua strana esperienza. La madre lo informò di aver visto un gatto quella mattina contare le frecce nella sua faretra e che aveva temuto che l'avrebbe fatto con intenzioni malvagie. Da qui la sua richiesta di prendere una freccia in più. Con un tale presentimento, la maggior parte delle madri avrebbe sicuramente insistito che il bambino fosse accompagnato nella sua caccia o che prendesse più di una freccia in più. Tuttavia la sua intuizione che una freccia sarebbe bastata si rivelò del tutto corretta.

Un intero villaggio una volta fu vittima di una compagnia di gatti soprannaturali. Queste creature chiedevano, e ricevevano, il sacrificio di una vergine una volta all'anno. Tale era la paura verso i gatti, che gli abitanti del villaggio selezionavano ogni anno una ragazza mediante sorteggio. Un guerriero viaggiatore sentì che questa orribile procedura era appena avvenuta per il sacrificio annuale. Pregò i genitori della vittima prescelta di vegliarla da vicino durante la notte stabilita e di dargli la gabbia in cui veniva sempre messa la ragazza da offrire ai gatti. Attraverso un sogno seppe che le creature erano terrorizzate da qualcuno chiamato *Schippeitaro*. Fece indagini a livello locale e scoprì che questo nome apparteneva a un cane. Rintracciò il suo proprietario e prese in prestito l'animale. Il cane fu quindi messo nella gabbia e portato nel luogo della foresta dove negli anni precedenti una ragazza pietrificata era stata lasciata al suo destino. Un gruppo di gatti ultraterreni, guidati da uno più grande e dall'aspetto più spaventoso degli altri, apparve e ballò intorno alla gabbia. Dopo molti scherni e strilli, il grosso gatto spalancò la porta della gabbia. *Schippeitaro* balzò fuori e afferrò il gatto per la gola. Il guerriero decapitò quindi il gatto mentre gli altri correvano via lamentandosi.

7. La lepre bianca di Oki

La più antica storia di animali, a parte quelle riguardanti serpenti o draghi, parla di una lepre. Appare nel *Kojiki* ma non nel *Nihongi*. La principale divinità mortale in esso è Oh-kuni-nushi, Gran Maestro della Terra, il cui matrimonio con la figlia di Susano è già stato descritto. L'ambientazione è di nuovo Izumo e l'isola di Oki.

C'era una lepre bianca sull'isola che aveva un grande desiderio di visitare la penisola di Izumo, la zona conosciuta come Inaba. Non era in grado di nuotare e raggiunse la terraferma con l'inganno. C'erano coccodrilli in tutta la costa di Oki e la lepre escogitò una discussione con uno di loro sul fatto che ci fossero più lepri su Oki che coccodrilli nel mare. Affinché il numero dei coccodrilli potesse essere calcolato, la lepre fece in modo che si allineassero in acqua e saltando lungo la schiena, contando mentre procedeva, raggiunse la costa di Izumo. L'ultimo coccodrillo indovinò il motivo delle attività della lepre e lo scuoiò completamente della sua pelliccia mentre l'animale balzava sulla spiaggia. Fu in questa condizione denudata che un gruppo di fratelli, diretti a corteggiare la principessa di Inaba, trovò la lepre. La schernirono e suggerirono che se si fosse lavata in acqua di mare e si fosse sdraiata al vento, la sua pelliccia sarebbe ricresciuta. Naturalmente questo trattamento fu inutile e quando il più giovane dei fratelli, Oh-kuni-nushi, arrivò alla spiaggia, la lepre stava soffrendo molto. Oh-kuni-nushi fece il bagno al piccolo animale in acqua dolce e gli spolverò la pelle con il polline. La pelliccia bianca ricresse. La lepre conversò con Oh-kuni-nushi e gli raccontò come era arrivata sulla penisola. Imparò come il suo salvatore, sebbene il fratello più giovane, desiderasse corteggiare la principessa di Inaba. Viaggiarono insieme e scoprirono che la principessa aveva rifiutato tutti gli altri fratelli come pretendenti. Rimase affascinata da Oh-kuni-nushi e dal suo piccolo compagno, e la coppia si sposò. Oh-kuni-nushi divenne sovrano a Izumo e la lepre bianca di Oki restò a casa della coppia.

8. Il tasso e il coniglio

Robert J. Adams, il traduttore di "*racconti popolari del Giappone*" di Keigo Seki, afferma nella conclusione della storia Kachi Kachi Mountain che ci sono circa 88 versioni della storia in Giappone. Comprende tre motivi comuni:

1. il tasso è cattivo;
2. gli esseri umani sono in grado di conversare con il regno animale;
3. una trasformazione animale.

Un uomo prese un fastidioso tasso e, dopo averlo legato, chiese a sua moglie di farci la zuppa. Il tasso supplicò la donna di lasciarlo andare, promettendole di aiutarla a cucinare. Fu sedotta dalle sue suppliche e lo sciolse, dopo di che la uccise, prese il suo aspetto fisico, si vestì come lei e iniziò a preparare la zuppa della sua carcassa. Sempre sotto le spoglie della moglie dell'uomo, il tasso offrì al suo rapitore la zuppa che l'uomo mangiò con gusto. Solo allora l'animale tornò alla sua forma reale. Derise l'uomo infelice per aver mangiato sua moglie e poi scappò.

Un coniglio che era stato a lungo amico della coppia, sentì parlare di questo spaventoso trucco giocato all'uomo e determinato a vendicarsi del tasso, lo convinse a portare un fascio di bastoni su una montagna. Il coniglio si arrampicò dietro e diede fuoco al fagotto.

Il fascio di ramoscelli viene dato alle fiamme

Il tasso udì il suono di ramoscelli ardenti, ma gli fu assicurato che il suono era quello dell'uccello Kachi Kachi. Non esiste un tale uccello: la parola è onomatopeica per indicare un clic o uno scatto. Il tasso fu gravemente bruciato, ma ancora una volta fu deriso dal coniglio che mise una pasta di peperoncino sulla sua schiena già dolorante, apparentemente per aiutare la sua guarigione.
La lepre bianca di Oki fu ingannata allo stesso modo, anche se non per vendetta.
Ma il coniglio aveva in serbo un'ulteriore punizione. Il tasso credulone fu convinto a costruire una barca di argilla. In questo si proponeva di catturare il pesce, mentre il coniglio lo accompagnava. Quando l'argilla si ammorbidì e il tasso cercò di fuggire dalla sua barca in rovina, il coniglio lo colpì con un remo e lo uccise, lasciando che il suo corpo fluttuasse via lungo il fiume.

9. Genitori farfalle

Non c'è dubbio che le credenze religiose dei giapponesi abbiano influenzato le loro credenze sugli animali. L'idea che ogni cosa, animata o inanimata, abbia un *kami* o un'anima è di origine shintoista. Il buddismo non scoraggiò attivamente questa credenza, e una delle grandi virtù buddiste è la gratitudine, sia per un servizio reso che per una buona educazione familiare. Un esempio di pietà filiale si trova in una leggenda sulle farfalle.

Un giovane il cui lavoro e hobby era il giardinaggio sposò una ragazza con un identico interesse per la vita vegetale. Vivevano solo l'uno per l'altro e per i loro arbusti e piante. Nella mezza età ebbero un figlio, che ereditò l'amore per i fiori dei suoi genitori. I genitori morirono a pochi giorni l'uno dall'altro in vecchiaia, quando il loro figlio era ancora giovane. Il ragazzo si prese cura del giardino dei suoi genitori e delle piante in esso poiché sentiva che contenevano gli spiriti della madre e del padre defunti. Durante la prima primavera successiva alla loro morte, vedeva ogni giorno due farfalle in giardino. Egli coltivava le piante sulle quali vedeva che le farfalle amavano stabilirsi, e mentre la primavera si trasformava in estate, una notte sognò che i suoi genitori erano tornati nel giardino e stavano camminando insieme intorno ad esso, osservando attentamente ogni pianta, come fanno i giardinieri. All'improvviso la coppia nel sogno si trasformò in farfalle e in questa forma continuò a esaminare ogni fiore. La mattina dopo la stessa coppia di farfalle era, come al solito, in giardino e il ragazzo seppe allora che l'anima dei suoi genitori riposava nelle farfalle e che in quel modo si godevano ancora il loro giardino.

10. Il cavallo Ikezuki

Sasaki Takatsuna sale su Ikezuki per attraversare il fiume Uji prima della seconda battaglia di Uji, come raffigurato in una stampa di Utagawa Kuniyoshi.

Il rapporto tra l'uomo e le creature non è limitato al puro e semplice soprannaturale. Molto spesso gli eroi hanno cani o cavalli che condividono l'abilità del loro padrone: Momotaro, ad esempio, fu accompagnato nella sua impresa dai guardiani degli animali, con i quali potè dialogare. Ma il cavallo Ikezuki, sebbene ora sia un animale leggendario, un tempo fu un destriero perfettamente normale.

Tra il 1177 e il 1181 c'era una fiera annuale dei cavalli ad Asuma. In quel periodo nacque Ikezuki. Perse sua madre quando era un giovane puledro e un giorno, vedendo il proprio riflesso nel bacino di una cascata, pensò che fosse sua madre e saltò dentro per unirsi alla cavalla. In questo modo Ikezuki imparò a nuotare da solo, dopo diversi tentativi di raggiungere sua madre. Il proprietario del cavallo incaricò un commerciante di portare Ikezuki alla fiera e per strada arrivarono a un fiume che traboccava dalle sue rive a causa dello scioglimento della neve. Dall'altra parte c'erano colonne di cavalli e bestiame che venivano portate alla fiera e Ikezuki saltò nell'acqua impetuosa, nuotò nel fiume e poi galoppò da solo, davanti agli altri animali, verso la fiera. A tempo debito arrivò il commerciante di cavalli, ma nessuno comprò lo stallone vivace, perché i commercianti ne avevano paura, soprattutto a causa del modo curioso in cui era arrivato da solo. Sulla via del ritorno dal proprietario, il commerciante, che guidava Ikezuki, incontrò un uomo che guardò il cavallo e alzò sei dita. Il commerciante pensò che l'uomo avrebbe comprato l'animale per seicento monete di rame e poiché non c'erano altre possibilità di vendita, consegnò Ikezuki. Ma in cambio ricevette seicento monete d'argento e l'acquirente disse che pensava che il cavallo valesse molto di più. Successivamente Ikezuki fu acquistato da Yoritomo, il vincitore della battaglia di Dannoura nel 1185, quando fondò il suo shogunato a Kamakura.

11. Tametomo e il suo cane

Tametomo è già stato menzionato per la sua parte nelle lotte contro i Taira nelle guerre civili del XII secolo. Fu lo zio di Yoshitsune, ed è ricordato principalmente per la sua abilità con l'arco e le frecce.

C'è una storia affascinante di lui e del suo cane, uno dei tanti racconti che si trovano nel folklore di ogni paese sulla fedeltà di un cane al suo padrone. Nella sua giovinezza Tametomo fu mandato dal padre in un'altra provincia a vivere con un'altra famiglia. Apparentemente il suo buon umore era troppo per la normale disciplina dei genitori. Il cane del ragazzo lo accompagnò durante il viaggio, insieme a un servitore. Lungo la strada, l'uomo e il suo servitore si riposarono sotto un pino e, in modo tipicamente giapponese, ammirarono il panorama. Il cane di Tametomo iniziò improvvisamente a saltargli intorno, abbaiando freneticamente. Con rabbia lo decapitò con la sua spada.

Ma invece di cadere, la testa della creatura volò sul pino dove attaccò e uccise un pericoloso serpente. L'albero, il serpente morto e la testa del cane caddero a terra.

Che Tametomo si sia pentito del suo sfogo è ovvio, e lui e il servo seppellirono la testa e il corpo del cane in una fossa scavata con cura.

Tametomo esce male da questo racconto, ma le sue azioni successive danno alla storia e alla leggenda motivo di essere grato all'animale della sua giovinezza.

12. Pentole a noleggio

I tassi sono spesso ritenuti dannosi nel folklore giapponese.
C'era un tasso chiamato Dankuro che viveva in una grotta. Quando un castello vicino fu saccheggiato, Dankuro si recò lì e raccolse una grande scorta di utensili da cucina. Dankuro decise di prestare agli umani questo bottino, da usare nelle feste di famiglia. Egli chiarì che se le pentole e le padelle non fossero state restituite alla sua caverna, non le avrebbe mai più prestate, cosa che fece senza pagamento o ricompensa. Quando una persona non riuscì a restituire una ciotola, Dankuro non solo smise di prestare la merce dal castello, ma causò molta distruzione nei campi intorno e poi appiccò il fuoco a un mucchio di legna da ardere all'ingresso della grotta. Dankuro e gli utensili da cucina rubati non furono mai più visti.
Richard M. Dorson, nel suo libro "*Leggende folkloristiche del Giappone*", descrive la storia di Dankuro come una variante di quella sul kappa che attaccò un cavallo, cercando di trascinarlo nello stagno in cui viveva. Il cavallo cercò di liberarsi a calci e così facendo l'acqua si versò dalla testa del kappa, e la sua forza svanì. Il proprietario era furioso con il kappa, ma lo perdonò sapendo che gli avrebbe prestato delle ciotole senza alcun compenso, ogni volta che voleva intrattenere degli ospiti. Quindi le ciotole dovevano sempre essere trovate nel cortile della stalla la notte prima che fosse programmato un banchetto e rimosse dal cortile quando erano state usate. Ma un vicino rubò un set di utensili dopo che il proprietario del cavallo li aveva messi fuori, dopo averli finiti, e da allora in poi il kappa non produsse più nessuno dei suoi set a noleggio o in prestito.

13. Il passero con la lingua tagliata

Un altro racconto di discorsi tra animali e uomini è quello famoso del passero con la lingua tagliata. La versione meno familiare di questo racconto è molto breve. Una donna anziana curò un passero malato e poi lo lasciò andare. Volò via e poi tornò, dandole un piccolo seme e dicendole di piantarlo. Così fece e produsse un raccolto molto grande di zucche piene di deliziosa polpa. Le zucche essiccate fornivano quindi una scorta inesauribile di riso per la gentile vecchia. Il suo invidioso vicino di casa, determinato ad avere una tale fortuna, colpì un passero, lo stordì e poi si prese cura di lui finché non si riprese. Di nuovo, gli fu donato in dono un solo seme, ma questo produsse una pianta povera e la polpa delle poche zucche che portava era immangiabile. Essiccò la frutta rimanente, sperando almeno di avere una scorta infinita di riso. Le poche zucche erano pesanti e lei credette che il suo riso si sarebbe davvero auto-rigenerato. Tuttavia, le zucche contenevano api, scorpioni, millepiedi e altri insetti che la punsero a morte.

La versione più nota di questo racconto è all'incirca la stessa. La cattiva vicina, una lavandaia, tagliò la lingua di un passero come punizione per aver beccato il suo amido di riso. L'uccello, che era stato nutrito regolarmente dalla vecchia coppia della porta accanto, volò via e la gentile coppia andò a cercarlo. Lo trovarono e il passero li fece scegliere tra due scatole da portare via, essendo stati prima intrattenuti da una festa e da uno spettacolo di danze. Gli anziani scelsero la cassetta più piccola e quando la aprirono trovarono una scorta infinita di ricchezze: oro, sete e pietre preziose. La lavandaia partì, motivata dall'invidia, alla ricerca del passero con la lingua tagliata. Anche lei si divertì allo stesso modo ed ebbe la possibilità di scegliere tra due scatole da portare via con sé. Scelse quella più grande e all'apertura fu afferrata da un'orda di diavoli che la divorarono.

14. Il tasso e il cucciolo di volpe

Molte storie di animali coinvolgono gli esseri umani solo incidentalmente. Un tasso e una volpe con il suo cucciolo vivevano l'uno vicino all'altro ed erano, presumibilmente, amici. Erano stati privati della preda dai cacciatori umani nella foresta e nel loro disperato bisogno di cibo si convenne che la volpe si trasformasse in un uomo, vendesse il tasso (che fingeva di essere morto) e con i soldi ricevuti comprare cibo e tornare nella foresta, quando il tasso sarebbe già tornato indietro. La volpe prese la forma di un uomo e il piano funzionò in modo soddisfacente. Il tasso suggerì quindi di invertire l'ordine. Tuttavia, quando fu in forma umana, disse al commerciante a cui aveva venduto la volpe (che faceva la parte del morto) che l'animale in realtà non era affatto morto. Così il mercante uccise la volpe e l'uomo tasso fece alcuni acquisti e tornò nella foresta nella sua forma normale. Disse al cucciolo che sua madre era morta e non permise nemmeno alla piccola creatura di condividere il cibo che aveva portato indietro. Il cucciolo di conseguenza si vendicò. Suggerì una competizione in cui avrebbero dovuto fare di nuovo a turno per apparire in forma umana e chiunque avesse indovinato la vera identità dell'altro avrebbe vinto. Il tasso, suscettibile di adulazione e credulone come spesso lo sono i tassi, cadde in questo piano e permise al cucciolo di eseguire per primo la sua trasformazione. Ma la giovane volpe non fece nulla del genere: si nascose dietro un albero vicino alla strada che porta al villaggio. Il tasso lo seguì e quando passò una processione guidata dal governatore provinciale locale, balzò in strada, gridando che aveva indovinato che il governatore era il cucciolo. Questo fu un comportamento sorprendente e in un batter d'occhio i servitori della processione uccisero il tasso, con divertimento e gioia del cucciolo di volpe che osservava.

15. Il tasso bollitore

Fonte: https://www.loc.gov/exhibits/ukiyo-e/images/8418s.jpg

C'è una storia relativa a volte a una volpe ma più in generale a un tasso che si trasformò in un bollitore. Lo fece per ripagare il taglialegna che gli aveva salvato la vita, e il taglialegna vendette il bollitore a un monaco. Il bollitore non amava la vita nel tempio, dove non era solo lucidato ma usato sul fuoco. Così tornò dal boscaiolo, in debito con lui, dopo aver spaventato gli accoliti nel tempio muovendosi e gridando di dolore. Continuò a fare soldi, questa volta ballando. Il taglialegna divenne un intrattenitore itinerante, mentre il bollitore danzante si divertiva. In un'altra interpretazione, il tasso, non gradendo di essere usato come bollitore nel tempio, si trasformò in una prostituta. Fece soldi per il suo nuovo proprietario a cui il boscaiolo lo vendette (dicendo che il "tasso" fosse sua figlia) per una grossa somma. Ma il tasso alla fine si stancò di questa occupazione e divenne un cavallo. Di nuovo il suo soccorritore lo vendette per una notevole quantità di denaro. Tuttavia, il tasso morì delle sue fatiche in forma di cavallo, perché mentre era in grado di trasformare la sua forma, non era in grado di imitare la forza di un cavallo.

Nelle versioni della storia in cui le trasformazioni in prostituta e cavallo sono omesse, il tasso bollitore o dice al suo proprietario che sta per morire, nel qual caso è il bollitore al tempio e non usato ma venerato, oppure viene restituito al sacerdote proprietario, con istruzioni di non usarlo o lucidarlo e poi vive felice per sempre.

CAPITOLO 7. ULTERIORI MITI

1. La farfalla bianca

C'è una storia d'amore romantica che non ha niente a che fare con Benten ma che riguarda un'anima morta che appare come una farfalla. Questa è una forma usuale nella tradizione giapponese. C'era un uomo scapolo che morì sulla settantina. Visse da solo per anni e fu un recluso, ma con l'aggravarsi della malattia, invitò la vedova del suo unico fratello e suo nipote, a venire da lui. Li amava entrambi, anche se li vedeva di rado. Un giorno, mentre era seduto con lo zio, il giovane vide entrare nella stanza un'enorme farfalla bianca. Fluttuò, poi si appollaiò sul cuscino del vecchio. Il nipote cercò di scacciarla via ma persistette. Temendo che avrebbe reso irrequieto il malato, continuò a cercare di farla volare fuori di casa. Poi il giovane si chiese se non potesse essere uno spirito malvagio, tanto innaturale era il suo comportamento. A questo punto la farfalla, di sua spontanea volontà, volò dritta fuori dalla finestra. I sospetti del ragazzo aumentarono e la seguì. Il suo paziente dormiva e poteva essere lasciato al sicuro. La farfalla bianca volò dritta al cimitero locale, che era proprio dall'altra parte della strada rispetto alla casa. Andò direttamente a una tomba e poi svanì. Poiché scomparse, il nipote tornò a casa, avendo notato che la vecchia tomba, ma abbastanza curata di recente, dove era scomparsa la farfalla, era incisa con il nome Akiko. Era stato via solo pochi minuti, ma durante quell'intervallo suo zio era morto. Più tardi, quando descrisse a sua madre la visita della farfalla poco prima della morte di suo zio, lei gli disse che da giovane suo cognato e una ragazza di nome Akiko furono molto innamorati, ma Akiko morì poco prima del giorno stabilito per il loro matrimonio. Comprò una casa vicino alla sua tomba, si prese cura della tomba per oltre 50 anni e non parlò mai a nessuno del suo mezzo secolo di lutto. Sua cognata conosceva bene la causa del suo isolamento autoimposto e lo rispettava: lei stessa era stata una giovane e felice sposa al momento del fidanzamento e della successiva morte di Akiko. La donna non aveva alcun dubbio che fosse lo spirito di Akiko sotto forma di una farfalla bianca che era venuto a prendere lo spirito dell'uomo che amava alla fine della sua vita mortale.

2. L'insolita dote

Una storia che coinvolge l'amore materno riguarda una ciotola di legno. Il padre era già morto quando la madre si ammalò gravemente. Diede all'unica figlia del matrimonio una ciotola di legno. Questa è generalmente descritta come laccata nero normale. Incaricò la ragazza di metterla sulla sua testa. Le disse anche che non sarebbe mai stato possibile toglierla: sarebbe venuto il momento in cui la ciotola si sarebbe staccata da sola. Con questo come unica eredità, la ragazza ebbe una vita miserabile, portando la ciotola stranamente pesante e inamovibile sulla testa. Alla fine trovò lavoro nella cucina di una famiglia di contadini. Il figlio, tornato a casa per una visita dopo un lungo periodo di lavoro a Kyoto, la vide e, nonostante la ciotola, se ne innamorò. Implorò i suoi genitori di permettergli di sposarla. Dopo un po' diedero il loro permesso, ma con riluttanza; la ragazza non aveva nulla in dote, e comunque c'era la ciotola. La ragazza stessa era scontenta del matrimonio per le stesse ragioni dei suoi futuri suoceri, ma amava il loro figlio e alla fine cedette alle sue suppliche.

Dopo lo scambio di tre tazze di sakè, il punto centrale della cerimonia nuziale, la ciotola si divise in molte parti, e cadde in grembo alla sposa una grande quantità di monete d'oro e d'argento e pietre preziose. La madre morta si assicurò che la ragazza avrebbe avuto non solo un marito altruista e buono, ma anche una fortuna da portare con sé nella sua nuova casa.

3. Il taglialegna e la fontana della giovinezza

Il tempo, insieme al matrimonio, sono di nuovo i temi di un racconto di un taglialegna. Quest'uomo era vecchio all'inizio della storia. In una giornata calda ebbe sete e bevve da un ruscello dal quale, senza una ragione particolare, non aveva mai bevuto prima. L'acqua era limpida e scorreva rapidamente e aveva un sapore particolarmente delizioso. Il ruscello proveniva da una piccola pozza e lui vi si recava per dissetarsi meglio. Quando si inginocchiò, vide il suo riflesso nella piscina ed era quasi irriconoscibile: vide il viso che era stato il suo da giovane. Con gioia si rese conto di aver bevuto dalla Fontana della Giovinezza. Correndo in un modo di cui non era stato capace per molti anni, tornò a casa da sua moglie. Dopo qualche difficoltà la persuase che colui che parlava con la voce che lei conosceva bene e le cui fattezze, per tutta la loro giovinezza, le erano familiari, era proprio suo marito.

Egli sostenne che anche lei doveva bere la stessa acqua in quanto presto si sarebbe stancato di una moglie di tanti anni più vecchia di quanto fosse diventato. Il taglialegna le disse dov'era il laghetto da cui sgorgava il ruscello e lei, sola, si affrettò per la sua strada. Il marito l'aspettò con notevole impazienza e, senza dubbio, curiosità. Quando, dopo un intervallo durante il quale sarebbe dovuta ritornare, non ci fu più traccia di lei, andò in cerca della moglie che doveva, come lui, essere di nuovo giovane. Raggiunse la fontana e lì, sdraiata sulla riva, c'era una neonata. La vecchia nella sua impazienza aveva bevuto troppa acqua della Fontana della Giovinezza. La storia finisce lì, ed è difficile non speculare sul futuro del matrimonio del taglialegna e di sua moglie che avevano manomesso il tempo.

4. Il vecchio e il ciliegio

C'è un'antica storia di un vecchio che amava i ciliegi e gli fu dato il potere di poterli far fiorire. È una combinazione di una storia di piante e una storia di animali. Il vecchio aveva una moglie e insieme si prendevano cura del loro cane. Erano poveri e la loro unica forma di intrattenimento era esercitare l'animale e guardare i fiori di ciliegio in primavera. Un anno la coppia portò il cane a passeggio per vedere una fioritura particolarmente bella.

Sulla via del ritorno il cane scavò per terra e nel buco che fece trovarono un mucchio di monete d'oro. La loro povertà era così finita. Un vicino malvagio, non diverso da quello della storia del Passero con la lingua tagliata, fu consumato dalla gelosia. Prese in prestito il cane, lo costrinse a scavare una buca e quando trovò solo materiale di scarto, lo uccise. La gentile coppia di anziani seppellì l'animale sotto un ciliegio in fiore nel loro giardino. Pensarono che il kami del cane vivesse sull'albero e per questo motivo erano riluttanti a tagliare uno dei rami, anche quando minacciò la casa. Tuttavia, alla fine lo fecero e dal legno modellarono un mortaio, sentendo che in quel modo il kami sarebbe stato almeno utile. Quell'anno ci fu una carestia e, nonostante la loro nuova ricchezza, avevano poco riso da pestare. Quando la moglie usò il mortaio per la prima volta, scoprì che la farina riempì il mortaio fino a traboccare. Attraverso il mortaio di legno di ciliegio e lo spirito del cane, venne loro fornita una scorta infinita di cibo. Poiché avevano condiviso le loro ricchezze con i meno fortunati di loro nel villaggio, così distribuirono la farina per tutta la durata della carestia. Il malvagio vicino non si accontentò di questo e chiese il prestito del mortaio. In modo generoso glielo prestarono. Ma per lui non veniva farina, solo una massa di insetti pungenti e creature striscianti. Con furia bruciò il mortaio. Tuttavia, permise al vecchio di raccogliere le ceneri e le gettò sulla tomba del cane sotto il ciliegio. Sebbene fosse molto prima del momento della fioritura dei ciliegi, l'albero sbocciò immediatamente. Il vecchio passò il resto dei suoi giorni a far fiorire gli alberi dentro e fuori stagione, usando i pezzi di cenere del mortaio.

Della moltitudine di leggende sui ciliegi ce n'è una che riguarda una balia di nome O-Sode. Era fidanzata per nutrire una bambina, l'unica figlia di genitori non nella loro prima giovinezza. All'età di 15 anni questa bambina si ammalò gravemente e O-Sode, che l'amava teneramente, andò a pregare al tempio ogni giorno per tre settimane per la sua guarigione. Alla fine di quel periodo la malattia lasciò la ragazza e fu dichiarata completamente guarita. I genitori didero una festa per celebrare la fuga dalla morte della loro bambina e durante i festeggiamenti O-Sode si ammalò improvvisamente. La mattina dopo le sue condizioni peggiorarono e disse ai genitori della ragazza che aveva pregato che la malattia mortale le fosse trasferita e che sarebbe morta quel giorno al posto della loro figlia. La sua ultima richiesta, poiché morì davvero, fu che un albero di ciliegio fosse piantato nel giardino del tempio dove le sue suppliche avevano avuto risposta. Questo desiderio fu onorato e l'albero fiorì sempre nell'anniversario della morte di O-Sode, presumibilmente per oltre 150 anni. Si chiamava l'Albero del Ciliegio del latte della bambinaia, non solo per il lavoro di O-Sade, ma perché i fiori sembravano capezzoli spruzzati di latte.

5. Le cisti dei taglialegna

Una storia ben nota riguarda due taglialegna con delle cisti sui loro volti. In alcune versioni incontrarono diavoli o oni sulla montagna. In altre versioni le creature sono dei tengu (e queste sembrano più probabili date le circostanze).

Ciascuno dei taglialegna aveva una ciste sulla guancia: una sulla guancia sinistra e l'altra sulla destra. L'uomo con la guancia sinistra sfigurata era un tipo rozzo, sospettoso, geloso e con pochi amici. L'altro taglialegna era diverso in quanto allegro, amichevole. Che nessuno dei due fosse orgoglioso delle proprie donne è ovvio, ma uno era rassegnato a quello che credeva essere un ingiusto colpo del destino e l'altro accettò il fatto con pazienza e persino allegria. Una sera il simpatico taglialegna ritardò dal tornare a casa giù dalla montagna quando il suo lavoro terminò a causa di un violento temporale. Si rifugiò in un albero cavo ai margini di una radura. Quando la pioggia cessò e il temporale si allontanò giù per la valle, vide con suo stupore una schiera di strane creature che filtravano nella radura di fronte a lui. Formarono un cerchio e iniziarono a ballare, usando passi e contorsioni che non aveva mai visto prima. Rimase nascosto nel tronco dell'albero finché non fu contagiato dal canto dei ballerini e uscì per unirsi a loro. Erano una compagnia allegra nonostante il loro strano aspetto e incoraggiarono il loro nuovo compagno a ballare un assolo. Lo fece con loro grande soddisfazione. Furono così contenti della sua esibizione che lo pregarono di tornare la notte seguente e ballare di nuovo per loro. Sembrerebbe che non si rendessero conto che il taglialegna considerava la ciste sulla sua guancia come una deformità, perché li incuriosiva e quello che sembrava essere il loro capo gliela strappò improvvisamente, dicendo che l'avrebbero trattenuta come un pegno per il suo ritorno. Lo strappo della ciste dal suo viso fu assolutamente indolore e il taglialegna fu felicissimo di scoprire che aveva una guancia liscia che si abbinava all'altra. Si affrettò a tornare a casa, poiché la tempesta si era completamente placata, e sua moglie si rallegrò con lui per il suo nuovo aspetto facciale. Accadde così che il taglialegna con una ciste sulla guancia sinistra chiamò la coppia quella notte per prendere in prestito qualche attrezzo domestico. Naturalmente era incuriosito dalla scomparsa della ciste del marito e gli fu raccontata la storia. Convinse l'uomo di buon carattere a prendere il suo posto e ballare per le creature la sera seguente, e ascoltò attentamente come raggiungere la radura della foresta su per la montagna. La sera successiva si nascose nel tronco cavo dell'albero e al calare dell'oscurità ebbe molta paura quando il gruppo di esseri ultraterreni si riunì per la loro danza. La sua impazienza di liberarsi della sua ciste vinse la sua paura e andò in mezzo a loro e iniziò a ballare. Non era un artista così abile come il suo vicino, o forse la sua danza era senza gioia. Qualunque sia la ragione, la compagnia era scontenta dello spettacolo che aveva messo in scena e lo definì un impostore. Questo non lo scoraggiò e continuò a saltellare finché le creature non lo costrinsero a fermarsi. Poi il loro capo lo prese in giro per la sua incompetenza e si lamentò del mancato arrivo del taglialegna che ballava così bene. Per quanto sembrerebbe che la creatura avesse ammirato l'altro taglialegna, il motivo della sua azione successiva è oscuro: pura delusione, forse. Estrasse la ciste da sotto le sue vesti e lo schiaffeggiò sulla guancia destra del taglialegna e poi, chiamando i suoi seguaci, li guidò, danzando e cantando, attraverso la radura nella foresta oscura. La ciste che era cresciuta sulla guancia del suo vicino era irrimovibile e il taglialegna passò il resto della sua vita con due cisti invece di una. Se la sua natura sia cambiata così come il suo aspetto facciale e se sia cambiato in meglio o in peggio è oggetto di congetture.

6. Benten, portatore di felicità

Benten, l'unica donna tra gli dei della fortuna, ha numerosi successi a lei attribuiti oltre alla sua posizione elevata come dea del mare. La letteratura e la musica sono sotto il suo patrocinio, ma è considerata anche una donatrice di ricchezza e felicità romantica. Il culto di Benten crebbe in popolarità dal XII secolo, forse a causa dell'incontro di Kiyomori con lei in mare. Infatti, il mare sembra essere la sua casa e si pensa che sia la figlia del Re Drago, nella sua forma simile a quella umana, che indossa una corona con un serpente su di essa.

L'incontro di Tawara Toda con il Re Drago, la storia che include la figlia del Re, è sicuramente associato a Benten: la figlia non sposò l'eroe umano e grandi sono stati i benefici che ricevette dopo aver ucciso il millepiedi gigante.

Benten è anche associato al Lago Biwa, il luogo di quella storia. Anche Kyoto e Kamakura, in particolare l'isola di Enoshima appena al largo della costa vicino alla capitale di Yoritomo, sono associate a lei. C'è un santuario dedicato a lei sull'isola. L'associazione di Benten con i draghi e il mare sembra culminare in Enoshima, e il fatto che sia raffigurata a cavallo o scortata da un drago così frequentemente sembrerebbe essere dovuto alla storia di Enoshima piuttosto che a suo padre.

C'è una storia secondo cui prima della comparsa di Enoshima, un drago viveva sulla terraferma vicino alla striscia di sabbia che ora lo collega con la bassa marea all'isola. Questo drago mangiava i bambini nel villaggio ora noto come Koshigoe, molto vicino a Enoshima e Kamakura. Fu in questo stesso villaggio che Nichiren sfuggì alla decapitazione attraverso un miracolo nel XIII secolo. Nel sesto secolo un terremoto fece scoppiare Enoshima, con Benten che apparve nel cielo sopra di essa. Poi entrò sull'isola e sposò il drago. Ciò fece cessare l'appetito del drago per la carne umana.

In un'altra versione sposò uno dei re draghi dopo il suo costante corteggiamento: era estremamente brutto e aveva la forma di un serpente.

La grotta di Enoshima è anche nota per essere stata la dimora del drago o serpente marito di Benten, e si dice inoltre che ci sia un tunnel sotterraneo che va dalla grotta alla base del Monte Fuji.
Le foto e le immagini di Benten a volte la mostrano con otto braccia, due delle quali sono piegate in preghiera, e in quella forma assomiglia a Kwannon, la dea della Misericordia. Le loro immagini sono insieme nei templi e la loro rappresentazione della gentilezza è senza dubbio simile. Benten usava tradizionalmente un serpente bianco come suo messaggero, ma ne usò un altro nella leggenda su di lei che ha sede a Kyoto.
Fu nel 1701, secondo Lafcadio Hearn, poco prima che i 47 Ronin si imbarcassero nella loro impresa, che Benten fece da intermediario in una strana e romantica storia a Kyoto. Nel parco del tempio di Amadera, un giovane uomo istruito di nome *Baishu* notò una piscina di nuova costruzione vicino a una sorgente in cui era abituato a bere. Notò anche per la prima volta una tavoletta vicino ad essa con la scritta "*Acqua della Nascita*" e un nuovo tempio dedicato a Benten. Mentre si interrogava su questi, un pezzo di carta svolazzò nell'aria e si posò ai suoi piedi. Su di esso, in una bella calligrafia incisa da una giovane mano femminile, c'era una poesia d'amore che gli era familiare. Portò a casa il giornale e lo studiò attentamente. La scrittura era squisita e da essa dedusse che la scrittrice era sia deliziosa che matura. Decise di scoprire la sua identità e di sposarla. Poiché il giornale gli era pervenuto mentre si trovava al Tempio di Benten nel terreno del Tempio di Amadera, tornò lì per cercare l'aiuto di Benten. Non fu il primo a pregarla per un matrimonio felice, e nemmeno l'ultimo. Promise di pregare al tempio ogni giorno per una settimana e di trascorrere la notte del settimo giorno in veglia. Poco prima dell'alba, mentre la sua notte di preghiera stava finendo, sentì qualcuno che cercava di entrare nel parco del tempio principale, e poi dei passi che si avvicinavano al tempietto dedicato a Benten. Un vecchio, di aspetto venerabile, lo raggiunse lì dentro e subito dopo apparve un bel giovane ben vestito. Il giovane parlò al vecchio, dicendo che cercava il suo aiuto per realizzare un'unione per la quale erano state dette devotamente preghiere. Senza una parola il vecchio tolse un cordone rosso dalla

manica e ne legò un'estremità attorno a Baishu. L'altra estremità la mise nella fiamma di una delle lanterne del tempio e, quando stava bruciando, la fece girare nell'aria. Ebbe appena finito di farlo quando una giovane donna entrò nel Tempio di Benten e si sedette accanto a Baishu. Tenne il ventaglio rivolto verso il viso, ma lui potè vedere che era molto bella. Il bel giovane parlò poi direttamente a Baishu per la prima volta. Gli disse che le sue preghiere erano state ascoltate da Benten e che lei lo aveva indotto a convocare il vecchio per unirli. Disse inoltre che la giovane donna che si era unita a loro era l'autrice della poesia che aveva trovato. Poi i due uomini e la donna scomparvero. Baishu era rimasto solo.
Questi esseri angelici che Benten aveva usato per il suo scopo non erano serpenti e non facevano parte del regno del mare.
Mentre tornò a casa, Baishu incontrò una ragazza che riconobbe immediatamente come l'apparizione che si era unito a lui nel tempio. Le parlò, ma non fece menzione di averla vista prima. Evidentemente era del tutto indifferente al fatto che un apparente estraneo le parlasse e rispose naturalmente. Si avviarono insieme verso la casa di Baishu, senza menzionare il loro incontro nel tempio. Infatti, la giovane donna sembrava non essere a conoscenza di ciò che era accaduto. Quando raggiunsero il cancello, annunciò all'improvviso che Benten l'aveva già nominata sua moglie. Baishu non aveva bisogno di convincerla a venire a casa sua con lui. Per alcuni mesi vissero lì insieme come marito e moglie. Nessuno dei loro vicini prestò attenzione alle mutate circostanze di Baishu: era come se la giovane donna fosse invisibile a tutti tranne che a suo marito, mentre per lui era davvero reale. La loro soddisfazione insieme era totale e lei lo deliziava ulteriormente con la sua intelligenza e le sue realizzazioni artistiche. Era un uomo colto ed erano ben assortiti. Mentre l'autunno si trasformava in inverno, Baishu stava vagando da solo in un'area di Kyoto che non conosceva bene. Un servo gli si avvicinò e gli chiese di accompagnarlo e di servire il suo padrone. Baishu non conosceva né il servo né il suo datore di lavoro, ma andò. Con grande stupore di Baishu, il padrone del servo gli disse che lo conosceva come il suo futuro genero. Spiegò che, ansioso di organizzare un matrimonio

adatto per la sua unica figlia, aveva sparso poesie che lei aveva copiato da tutti i templi di Kyoto dedicati a Benten, dopo aver pregato in precedenza la dea per chiedere aiuto. Benten allora gli apparve in sogno, dicendo che era stato trovato un buon marito per sua figlia e che lo avrebbe incontrato durante il prossimo inverno. La notte precedente Benten tornò da lui mentre dormiva e gli disse che il giorno dopo il futuro marito di sua figlia sarebbe passato vicino a casa sua e che sarebbe stato mandato a chiamare. Diede al padre della ragazza una descrizione minuziosa dell'aspetto del suo futuro genero, che corrispondeva esattamente a quello di Baishu. Prima che Baishu potesse spiegare che era già sposato, l'uomo aprì la porta che conduceva nella stanza accanto, e c'era la sposa in attesa, nientemeno che la giovane donna che Benten aveva già fatto sua moglie nel tempio. Ebbero un matrimonio terreno e nel loro matrimonio erano adatti come lo erano stati prima. Sembrerebbe che dopo il matrimonio organizzato da suo padre, la ragazza non si sia mai riferita alla sua precedente volta con Baishu, perché allora era stata la sua anima con cui Baishu aveva vissuto, la sua anima in forma corporea.

Nel secondo matrimonio l'unione era veramente completa, perché allora era con la sua anima e il suo corpo. Senza dubbio Benten desiderava mettere alla prova Baishu come marito prima di affidargli completamente la giovane donna. La domanda su come si comportò nella casa di suo padre mentre la sua anima era sposata con Baishu non può trovare risposta. Spesso lo spirito o l'anima di un amante viene dal suo partner dopo la morte. Nella storia di Baishu l'ordine era insolitamente invertito perché lo spirito della ragazza venne prima che si sposasse.

7. Urashima

Basil Hall Chamberlain, che portò il *Kojiki* in lingua inglese, tradusse la storia di Urashima da una poesia giapponese classica, e WG Aston, il traduttore del *Nihongi*, scrisse una versione in prosa. Da allora fu costantemente raccontato.

Urashima era un giovane e lavorava come pescatore. Salvò una tartaruga dalla morte sulla spiaggia dove era stata girata sul dorso da alcuni zoticoni. In altri documenti catturò la tartaruga durante la pesca e la liberò.

L'immagine raffigura Urashima Tarō sotto un pino sulla riva del fiume Kiso; è accompagnato da una tartaruga, dalla cui bocca esce una visione di Hōrai.

Il punto è che la tartaruga è uno dei simboli della vecchiaia e va rispettata come tale. Più tardi, quando uscì sulla sua barca, Urashima vide di nuovo la creatura e parlarono insieme. La creatura acquatica si rivelò la figlia del Re Drago del Mare e si trasformò in una giovane donna di grande bellezza. Urashima la accompagnò nel regno sottomarino. Lì si innamorarono e si sposarono, con la piena approvazione del Re Drago. Dopo un po' Urashima desiderava ardentemente rivedere la sua patria e visitare i suoi genitori, poiché desiderava raccontare loro del suo matrimonio e assicurarsi che fossero ben accuditi durante i loro anni in avanti. La sua sposa non era contenta di questo, ma accettò nel momento in cui Urashima promise di tornare da lei. Non fu una promessa difficile da fare: voleva che il suo matrimonio continuasse. Lei gli diede una scatola e gli estrasse un'altra promessa secondo cui non l'avrebbe dovuta aprire durante la sua visita. Era una scatola di lacca, fissata con un cordino di seta, e la moglie di

Urashima disse che se l'avesse aperta non l'avrebbe più rivista. Nella sua forma di tartaruga lo scortò sulla riva e poi lo lasciò sulla terraferma per dirigersi verso la sua vecchia casa. Quando arrivò, rimase sgomento nello scoprire che tutto sembrava cambiato. I contorni delle colline circostanti erano gli stessi, ma il villaggio aveva un aspetto diverso e non riusciva a trovare la casa dei suoi genitori. Anche gli abitanti del villaggio erano tutti estranei a Urashima. Chiese inutilmente dove si trovassero i suoi genitori finché non incontrò un vecchio che disse che erano morti da secoli e che il loro unico figlio, di nome Urashima, era annegato in mare 400 anni prima.

Sgomento, il giovane tornò alla spiaggia, rendendosi conto che il suo tempo nel regno del mare non era stato misurato in anni mortali. Forse per trovare una risposta all'enigma del tempo, forse per curiosità riguardo al contenuto del regalo di addio che sua moglie gli aveva fatto, infranse la sua promessa e aprì la scatola. Gli anni, sotto forma di un sottile filo di fumo, ne uscirono fuori. I suoi capelli diventarono grigi, poi bianchi. Il suo corpo si contrasse e il suo viso divenne segnato. I suoi occhi si offuscarono e poi il suo cuore smise di funzionare. I secoli avevano raggiunto Urashima. Gli abitanti del villaggio trovarono il corpo di un uomo molto anziano disteso sulla sabbia. Hearn cita la data dell'ultima spedizione di pesca di Urashima come 477 d.C. e quella del suo ritorno e della morte come 825 d.C. Nel *Nihongi*, la data della sua partenza è datata 478 d.C. In un mito di questa antichità una differenza di un anno è ininfluente: la storia rimane sostanzialmente la stessa.

8. Altri miti

Il matrimonio è un tema ricorrente. È centrale nella storia del matrimonio del topo. I genitori della topina cercarono di fidanzarla con Riso, Acqua, Sole, Vento e Tuono e altri esseri o elementi simili. I topi puntavano in alto, ma tutti quelli che si avvicinavano rifiutavano, raccontando ai genitori del topolino di un altro che era più potente e che sarebbe stato quindi più adatto come genero. Il riso, ad esempio, diceva che l'acqua era più potente, perché senza di essa non potrebbe crescere.
Alla fine, il topo si sposò con un altro topo.
Anche in questo caso gli animali sono raffigurati con tratti umani, in grado di parlare con coloro che non sono della loro stessa specie.

Ciò che è particolarmente giapponese è l'accento posto sul matrimonio combinato tra persone dello stesso rango. E anche il tema eroico è infinito.
Anche nella storia relativamente moderna dei 47 Ronin, un uomo che insultò Kuranosuke durante il periodo in cui i ronin vivevano in incognito e pianificavano il loro assalto alla villa di Kira Kozuke-no-Suke, commise lo stesso hara-kiri in penitenza dopo che i ronin avevano portato a termine i loro piani. Lo fece di fronte alla tomba di Kuranosuke, per assicurarsi che il suo spirito fosse consapevole della punizione autoinflitta, e venne sepolto con la compagnia dei ronin. La sua tomba fu la quarantanovesima, poiché i 47 furono sepolti con il loro maestro *daimyo*, Asano.

Ci sono due racconti che sembrano non essere stati scritti prima in inglese. Uno è chiaramente di origine buddista, ma sembra essere originario del Giappone.
Un uomo aveva una madre inamabile: era cattiva e di cattivo umore. Morì dopo di lei e quando raggiunse il paradiso, scoprì che sua madre non era lì ma all'inferno. Forse le voleva bene: di certo sentiva di avere un dovere nei suoi confronti. Così chiese a Buddha se poteva salire e unirsi a lui. La

risposta fu che se l'uomo avesse trovato un unico atto gentile che sua madre aveva fatto nella sua vita, lei sarebbe potuta venire. Dopo numerose indagini scoprì un'azione gentile. Una volta la donna aveva dato un porro a un mendicante che era venuto a casa sua. Quella era la sua unica manifestazione di carità conosciuta durante la sua vita terrena. Quindi il porro fu prodotto e portato a lei. Le fu detto di tenerlo stretto e da esso sarebbe stata innalzata al cielo. Con ansia suo figlio assistì all'operazione. Ma fu inutile. Il porro non sopportava il suo peso e si rompeva. La verdura che aveva dato al mendicante era marcia, motivo per cui l'aveva lasciata prendere e perché non poteva sollevarla in paradiso. La meschinità era la sua stessa natura.

L'altra storia proviene dalla parte settentrionale di Honshu, dove era consuetudine che le donne si prendessero cura dei cavalli. Un uomo ricco aveva una bella stalla in cui era tenuto uno stallone molto bello. La figlia dell'uomo lo tolse insieme agli altri cavalli, e un giorno accarezzò lo stallone e disse che lo considerava così bello che se fosse stato un uomo le sarebbe piaciuto sposarlo. A queste parole lo stallone si innamorò della giovane donna. Così grande era la sua passione che non volle né mangiare né bere e si ammalò. Il suo proprietario mandò a chiamare degli indovini per scoprire la causa di questa malattia, e quando gli fu detto che il suo cavallo era malato per amore di sua figlia, la sua rabbia fu intensa. Era così arrabbiato che uccise il cavallo e lo scuoiò. La pelle fu stesa al sole ad asciugare e la giovane donna che l'animale aveva tanto amato si avvicinò a pregare per lo spirito dello stallone. All'improvviso la pelle si alzò e avvolse la ragazza e la portò in cielo. Poco tempo dopo, dalla zona in cui la pelle era stata vista scomparire, piogge di insetti bianchi e neri scesero, illuminandosi sui cespugli di gelso nella tenuta del ricco. Questi insetti cominciarono a mangiare le foglie, e mentre lo fecero tirarono fuori un filo sottile. Si dice che fossero i primi bachi da seta, quelli neri che provenivano dal cavallo e quelli bianchi dalla ragazza. Si dice anche che il padre della ragazza sia diventato ancora più ricco grazie all'unione tra lo spirito del suo cavallo e sua figlia.

CAPITOLO 8. MITOLOGIA E GIAPPONE MODERNO

I miti in questo libro sono antichi e né lo shintoismo né il buddismo erano o sono principalmente religioni basate sulla rivisitazione dei miti.

La maggior parte dei libri di riferimento sul Giappone moderno afferma che la religione non è una parte molto importante della vita dei giapponesi. Eppure Akihito, che divenne imperatore nel 1989, fece risalire la sua famiglia a più di 2.600 anni fa all'imperatore Jimmu, e quindi alla dea del sole.

Nell'ottobre 2005, il primo ministro giapponese Junichiro Koizumi fece arrabbiare altre nazioni asiatiche visitando il Santuario Yasukuni a Tokyo, dove i giapponesi morti in guerra sono "commemorati e venerati come divinità", inclusi i soldati giustiziati come criminali di guerra. I morti diventano kami, anche se hanno fatto cose terribili.

Oggi, l'evento annuale più importante in ogni santuario giapponese è il festival annuale chiamato ***gion matsuri***. Durante questa celebrazione, uomini e donne portano un'immagine del santuario locale nel quartiere per santificare sia lo stesso che la popolazione locale. I miti, le tradizioni e le cerimonie che li accompagnano influenzano ancora la vita e la cultura giapponese moderna in tutti i modi. Molti giapponesi osservano le usanze shintoiste ma vengono sepolti secondo i rituali buddisti. L'apprezzamento giapponese della natura, la loro enfasi sulla pulizia e sulla purificazione e la disciplina che portano nel gioco e nel lavoro sono tutti legati alle tradizioni shintoiste e buddiste. C'è un detto popolare in Giappone: **l'80% del popolo giapponese afferma di essere buddista, l'80% afferma di essere shinto e l'80% afferma di non credere affatto in nessuna religione**.

Il miscuglio giapponese di buddismo e shintoismo riguarda meno la fede che l'agire in un certo modo: meditare, visitare templi buddisti e *shinto jinta*, o santuari.

La maggior parte dei matrimoni sono shintoisti. La maggior parte dei funerali sono buddisti. Entrambe le tradizioni enfatizzano la purificazione rituale: ti sciacqui la bocca e ti lavi le mani prima di visitare un santuario. E continuano molte visite al santuario e benedizioni rituali.

Quando il terreno è aperto per un nuovo edificio, c'è una cerimonia per pacificare i kami che vi abitano e per purificare il luogo.

I nuovi aeroplani vengono purificati prima del loro primo volo, così come le nuove auto su una catena di montaggio in fabbrica. I dirigenti della Toyota viaggiano per tre ore dal loro quartier generale per svelare le loro auto più recenti presso il santuario della dea del sole, Amaterasu.

I miti non sono così importanti come una volta, ma la tradizione giapponese continua, con alcune modifiche tipicamente giapponesi.

Una visita al santuario include ancora il lavarsi, suonare una campana (per evocare il kami), inchinarsi due volte e battere le mani due volte prima di concedere un'offerta.

Poche comunità giapponesi sono senza un proprio santuario shintoista; sono più di 80.000 in tutto il paese. Puoi ancora ottenere la tua fortuna su un pezzo di carta in un santuario. Se è buono, tienilo, e se è cattivo, lo lasci legato vicino al santuario, dove il kami lo farà andare via. La differenza moderna è che ora puoi comprare la tua fortuna da un distributore automatico.

REGALO

Ecco la sezione in cui condivido il mio ebook in regalo!
Questo è il link diretto alla pagina in cui dovrai solo inserire il tuo nome e la tua email per poter ottenere l'accesso al libro gratis:

https://www.subscribepage.com/mitologia

In alternativa puoi scannerizzare con un'applicazione del tuo cellulare il seguente qr code:

Spero che questo libro ti sia piaciuto tanto quanto a me nel scriverlo e deliziarti della meravigliosa cultura giapponese.
Ti saluto e ti auguro una buona vita.

Un abbraccio,

Oda Nakamura

NOTE DELL'AUTORE

Prima di tutto lascia che ti ringrazi per aver acquistato il mio libro sulla mitologia giapponese.

Forse già conoscevi qualche mito o la storia del Giappone dai blog o da altri libri, oppure avevi sentito qualche racconto dai tuoi amici…

… comunque sia tu hai deciso di prendere il mio libro rispetto alle centinaia in vendita su Internet. Non immagini nemmeno la mia gratitudine.

Solo il fatto che tu abbia appreso il valore morale dei racconti contenuti in questo libro segna un primo passo verso l'esplorazione del fantastico mondo giapponese.

Giunti alla fine del libro ti starai chiedendo chi io sia e cosa faccia.

Bene, ora mi descriverò.

Mi chiamo Oda e sono uno scrittore, un giornalista freelance e un grande estimatore della filosofia giapponese.

Sono nato a Osaka, in Giappone, e per motivi di studio mi sono trasferito in diverse nazioni quali gli Stati Uniti, il Regno Unito, la Spagna e "*last but non least*" l'Italia, il Paese con un bagaglio culturale e architettonico da mettere invidia a qualsiasi Nazione (peccato sia poco considerata).

Mi laureai a pieni voti in Lettere all'Università Imperiale di Tokyo (chiamata anche *Tōdai*). Qui vi conocqui Rebecca, la mia attuale moglie, che frequentava la facoltà di economia. Fu amore a prima vista.

Per esigenze lavorative decise di lasciare il Giappone e ritornare a Milano. Il mio cuore disse di non lasciarsela scappare e di uscire dalla zona di comfort e di trasferirmi a Milano con lei.

Mai decisione fu più giusta. Oggi, all'età di 36 anni, faccio un lavoro che amo e sono felicemente sposato con 2 splendide bambine, Fumiko ("*bambina dotata della bellezza di un tesoro*") e Asami ("*bellezza del mattino*").

Non mi sono mai dimenticato e non dimenticherò mai le mie origini giapponesi e appena posso, insieme alla mia famiglia, trascorro settimane di vacanza tra Tokyo, Osaka e le altre bellissime città nipponiche.

Ora ti chiedo un piccolo favore: potresti andare su Amazon e fornire una **tua recensione** su questo libro? Solo attraverso i tuoi feedback posso scrivere libri o articoli sempre migliori e per te più stimolanti.

Inoltre per ogni suggerimento puoi scrivermi all'indirizzo email odanakamura85@gmail.com

Per ogni news sulla cultura giapponese puoi seguirmi su Facebook oppure sul mio blog: https://odanakamura.netsons.org

Ho anche un canale Instagram nel quale condivido gli estratti dei miei libri, mostro le novità sui miei prossimi libri e tante altre cose! Questo è il link → https://www.instagram.com/odanakamura/

PS: ho raccolto in un'unica pagina le letture che consiglio che possono aiutarti ad approfondire la mitologia giapponese. Il link è il seguente: https://odanakamura.netsons.org/letture-mitologia

Oppure scannerizza questo qr code:

Printed by Amazon Italia Logistica S.r.l.
Torrazza Piemonte (TO), Italy

33064284R00097